HERANÇA

SÉRIE ROSEWOOD LIVRO 1

SUE MYDLIAK

Traduzido por
FERNANDA MIRANDA

Dedico este livro à minha família, por sua paciência, amor e compreensão enquanto escrevia este romance.

PRÓLOGO

Pétalas de rosa são a última memória que tenho de meus pais. Como lágrimas, elas flutuavam sem rumo ao redor da lápide. Seu perfume oscilava suavemente com o vento, cobrindo o chão em um cobertor de fragrante beleza. Eu não sabia quem depositara centenas de rosas no túmulo dos meus pais, mas estava grata.

Eu tinha perdido o funeral dos meus próprios pais. Eles se foram e eu nunca mais os veria. Eu nunca mais ouviria a risada da minha mãe ou meu pai limpando a garganta para chamar minha atenção. Nada mais seria o mesmo. Ninguém jamais me conheceria e me amaria do jeito que eles o fizeram; ninguém me confortaria quando eu estivesse doente e cuidaria de mim como se eu ainda fosse uma criança. Sozinha, permaneci no lugar, tentando sentir a presença deles, mas não senti nada, exceto a dor surda da perda.

Voltei para onde o táxi me esperava e respirei fundo. O outono havia chegado. Eu não tinha percebido que as folhas tinham vestido suas cores de outono quando entrei no veículo. O tempo voa quando você está enfrentando o mundo sozinha. Fiquei lá sentada pensando em maçãs do amor, abóboras, cabaças e noites passadas ao lado da lareira lendo, enquanto minha mãe e meu pai desfrutavam da companhia um do outro. Só então, um arrepio percorreu minha espinha. Eu estava em casa, mas agora isso não tinha o menor significado para mim, porque sua casa não é apenas um lugar; são as pessoas que você ama que a tornam o centro do seu mundo.

Eu estava em um sonho lúcido, um pesadelo, atordoada, havia voltado do cemitério em Utica em estado de choque. Meus pais haviam morrido em circunstâncias misteriosas quando eu estava longe de casa. Parte de mim se sentia culpada, mas, principalmente, eu estava com o coração partido em saber que eles haviam morrido enquanto eu estava aproveitando o presente de aniversário de 21 anos que eles me deram - um passeio pela Europa. Meus pais deveriam vir comigo nesta viagem maravilhosa, mas, no último minuto, eles tiveram que adiar por causa do trabalho. Eu havia partido sem eles. Me sentia como se tivesse passado a maior parte da vida sem eles, sentindo falta deles e esperando para voltar para casa e agora...

UM

Q<small>UANDO EU FINALMENTE FUI CONTATADA</small> e consegui voltar para casa, meus pais já haviam sido enterrados e a investigação sobre suas mortes, embora inconclusiva, fora encerrada. Eu ainda não conseguia entender por que eles não tinham esperado por mim. Qual foi o motivo de tanta pressa? Não é como se eu tivesse outras pessoas na família, ou tinha? Meu pai nunca mencionara ninguém, nem minha mãe. Isso era meio curioso. Enquanto passava pelas ruas familiares, metade de mim não acreditava que eles tinham realmente partido e a outra metade estava morrendo de medo do que poderia ter acontecido com eles.

A ficha estava caindo e eu doía em lugares que nunca soube que existiam. Será que algum dia tudo voltaria ao normal? A dor iria embora eventualmente? Agora que meu passado estava morto e enterrado, eu não tinha escolha a não ser continuar no novo caminho que o destino havia ditado para mim.

Eu me sentia como se tudo na minha vida até agora tivesse me preparado para a solidão. Eu não tinha ninguém, nenhum irmão ou irmã para me confortar; era só eu a partir de agora, sozinha. Eu passei minha adolescência em internatos muito caros, mas, por algum motivo, nunca fiz amigos íntimos de verdade.

Nasci aqui em Utica, assim como meus pais. Minha mãe e meu pai viveram aqui toda a sua vida; foram namorados desde a escola. Minha mãe escolheu ser dona de casa, já o meu pai não precisava de um trabalho normal. A família Rosewood remonta ao século XVIII na América e ajudara a construir Utica. Eles tinham sido investidores. Meus pais eram ricos, sabe? É engraçado, apesar de termos uma vida confortável, eu nunca vi uma demonstração exagerada de riqueza nas nossas vidas. Não me lembro de meu pai sair de casa para trabalhar. Mamãe me disse que ele era uma pessoa importante, mas sempre que eu perguntava quando criança o que ele fazia, ela me falava para ficar quieta e que eu não devia perguntar. Ela me chamava de Senhorita Enxerida e me enxotava para ir brincar. Em minha imaginação infantil, achei que ele fosse um gangster, um Don de uma grande família italiana, com um negócio ilegal. Uma vez pensei que talvez ele estivesse sob o serviço de proteção de testemunhas. Quaisquer fantasias que eu tenha tido não me prepararam para a realidade.

Eu tomei coragem um dia e perguntei a meu pai o que ele fazia para que seu trabalho fosse tão importante. Fiquei com medo, o que me surpreendeu, porque nunca tivera medo do meu pai, mas estava naquela hora. Ele me disse que eu não devia perguntar a ele e que devia apenas ficar feliz por ter um pai que pudesse me mandar para escolas tão boas e que passasse tanto tempo com sua família. Daquele dia em diante, nunca mais perguntei.

Minha mãe sempre dizia que eu parecia meu pai. Eu tinha seu cabelo castanho-avermelhado, olhos verde-esmeralda e pele de marfim, mas tirando isso eu não conseguia ver a semelhança. Eu era baixa como a minha mãe, alcançando apenas o ombro do meu pai, e meu cabelo, sempre que eu estava fora de casa, perdia a cor castanha e parecia queimar com o brilho laranja de um fogo violento, por isso eu o mantinha sempre curto. Meus olhos também mudavam sutilmente, tornando-se menos verdes, mais castanhos e até mesmo meio cinzas em dias nublados.

Eu também era durona quando criança; queria ser o filho que meu pai sempre negou querer. Devo ter sido uma decepção para minha mãe. Eu nunca fui como as outras garotas. Sei que ela gostaria de ter me enfiado em vestidos ou roupas com babados, mas eu nunca deixei. Assim como meu pai, sempre me sinto mais feliz com um par de jeans e um suéter velho.

Eu não me sentia tão durona agora, mas sim insegura, provavelmente pela primeira vez na minha vida. E se eu pudesse voltar no tempo e colocar um daqueles vestidos que minha mãe amava tanto, eu o faria, mas não podia, era tarde demais.

Na minha jornada de volta para casa, o céu começou a ficar cinza e a paisagem tornou-se carinhosamente familiar para mim. Eu estava me aproximando de minha casa e, claro, quando o carro atingiu o topo da colina, a Mansão Rosewood apareceu, imponente e familiar, logo adiante. A cerca de ferro forjado ainda protegia minha casa como fazia desde que eu era criança, mas agora os imponentes portões estavam abertos, quase como se estivessem esperando minha volta. A filha pródiga, só que agora eu não era mais filha de ninguém.

Eu não queria entrar; eu não queria ver nenhuma evidência de luta, ou pior ainda - sangue. — Ai, Senhor — eu levantei meus olhos para o céu, — por favor, que não tenha nenhum sangue. — sussurrei.

— O que foi? — O motorista perguntou enquanto estacionava o táxi atrás do BMW da minha mãe.

— Não foi nada — eu disse, saindo e pagando a corrida. Ele partiu sem demora e percebi que ninguém sabia que eu estava de volta, exceto o advogado do meu pai. Ele me encontrara no aeroporto e me levara até seu escritório para assinar alguns documentos legais. Eu era a herdeira de uma fortuna que só seria minha quando me casasse. A condição no testamento de meus pais me chocou profundamente. Esse era o tipo de coisa que você só lia em livros góticos ou romances históricos. Quando o advogado me explicou a cláusula, senti como se tivesse caído de volta no tempo. Como uma heroína vitoriana, eu receberia uma fortuna generosa quando aparecesse no escritório do advogado com uma licença de casamento válida e um marido. Acho que vai levar um ou dois anos para isso acontecer. Ou dez.

Meu estômago embrulhou e comecei a suar frio com a ideia de entrar em casa. Disse a mim mesma com firmeza que alguém teria limpado a cena do crime. Respirando fundo para me acalmar, lembrei-me de que a cópia da autópsia que recebi por fax afirmava que o sangue dos meus pais havia sido completamente drenado. A causa oficial da morte foi choque hipovolêmico: em linguagem leiga, perda extrema de sangue.

O aspecto mais estranho da morte de meus pais era essa ausência de sangue em seus corpos. Essa única informação me chocou e, quando pesquisei sobre isso na internet, não foi uma experiência agradável. Minha imaginação correu solta. A palavra vampiro surgiu em meu cérebro, mas eu a descartei como um sinal de ansiedade. A investigação oficial, agora encerrada, dizia que a morte dos meus pais foi acidental, a ausência de sangue e feridas estranhas foram explicadas como resultado de animais se alimentando dos corpos após as mortes. Eu não conseguia aceitar isso, meus pais eram pessoas cuidadosas. O que poderia ter matado os dois sem lhes dar tempo de chamar uma ambulância, a polícia ou mesmo um vizinho?

Suspirando, destranquei a porta e entrei. O vazio me atingiu com força. Ele envolveu seus braços em volta de mim e cortou minha respiração. Eu engasguei enquanto lutava contra a necessidade de deixar escapar o desespero e a raiva, mas cedi às lágrimas enquanto caminhava pela casa, mergulhada em memórias.

Um estrondo me trouxe de volta e entrei em pânico. Imediatamente pensei o pior: que ele, o assassino, havia voltado. Peguei a arma mais próxima, o atiçador da lareira, e lentamente fiz meu caminho de volta para o corredor. A porta da frente estava aberta e o ar frio me fez estremecer. Fechei a porta com firmeza e certifiquei-me de que não abriria novamente. Eu passei a corrente.

Sentindo frio agora, decidi que era uma boa hora para acender o fogo. Eu andei pela casa até a porta dos fundos e saí. O galpão ficava a poucos metros da porta e eu sabia que meus pais teriam guardado lenha para o inverno. Felizmente, o galpão estava destrancado e encontrei quatro toras que serviriam perfeitamente. Meus nervos pareciam ter se acalmado um pouco, mas entrando em casa novamente, algo não parecia certo. Eu não estava sozinha; parecia que alguém ou algo estava me observando. Minha pele começou a formigar e meu coração disparou. Eu pensei que poderia estar apenas cansada ou extenuada, mas parecia que a casa estava viva e que seu batimento cardíaco, silenciado pela morte, de alguma forma tinha voltado à vida quando eu entrei.

Era difícil me livrar da sensação de "estar sendo observada", então ouvi com atenção cada som. Eu estava petrificada, o pensamento de que o assassino estava de volta, observando cada movimento meu, me enervou. Será que era melhor sair da casa? Eu estaria mais segura lá fora? Eu ouvi um rangido atrás de mim e isso deixou meus nervos já esfarelados em pânico. Correndo para a escada, eu me agachei, minhas costas apoiadas na parede do sexto degrau. O som do meu coração batendo forte me confortou um pouco, mas não o suficiente. Eu ainda não me sentia segura.

— Vamos, — eu disse em voz alta. — O que a mamãe ou o papai diriam numa hora dessas? — Eles diriam que eu estava deixando minha imaginação correr solta e me provocariam por ver muitos filmes de terror, mas o único horror que importava era a morte deles. A vontade de chorar me oprimiu e eu respirei fundo para me conter. Eu precisava parar de ser uma covarde e acender o fogo como planejado. O sol já tinha se posto e estava ainda mais frio lá dentro.

Uma batida na porta da frente me assustou. Ninguém sabia que eu tinha voltado, nem mesmo meu vizinho, que morava a oitocentos metros de distância de mim.

— Quem é? — Eu gritei. Sem resposta. Gritei a pergunta de novo, mais alto, mas ainda sem resposta.

Com o atiçador na mão, lentamente fiz meu caminho até a porta da frente, verificando primeiro se a corrente estava no lugar, e a abri. Um estranho estava ali, da minha idade, talvez um pouco mais velho, com cabelo preto. Um homem, de aparência forte. Ele se vestia todo de preto, sua camiseta desbotada pelo uso, e ele parecia alheio ao frio. Pelo que eu podia ver, ele não era tão mais alto do que eu. Só alguns centímetros a mais. Eu encarava seu peito, mas agora minha atenção vagou para cima, para seu rosto; seus olhos eram do azul mais claro que eu já vira. Hipnotizado por eles, não consegui desviar o olhar, mas o vento acariciou meu rosto, me trazendo de volta. Ele parecia familiar, mas eu não conseguia me lembrar de quando poderia tê-lo conhecido, eu estava longe de Utica há muito tempo.

— O que você quer? — Parabéns, Candra, será que dava para ser mais esnobe? Eu culpei o cansaço. Além disso, ficar junto à porta, com frio, não ajudava em nada.

— Lamento incomodá-la, mas ouvi dizer que um membro da família voltou para a Mansão Rosewood e então pensei em vir dar minhas condolências. O Sr. e a Sra. Rosewood eram pessoas adoráveis; foi um choque terrível saber de sua morte.

— Hã... Muito obrigada, é gentileza sua. — Eu me perguntei por que ele viera à noite e não durante o dia. Então, me toquei que ele provavelmente trabalhava até tarde. — Desculpe, faz tempo que eu estou longe de casa... Eu te conheço? — eu disse, me sentindo esgotada e cansada além do limite.

— Desculpe-me, que rude de minha parte. Meu nome é Kane, Kane Smith. — Seu sorriso parecia genuíno, mas perturbador ao mesmo tempo. Algo sobre ele me causou arrepios na espinha, mas eu não conseguia identificar o porquê. Eu me sentia atraída por ele. Tive a estranha sensação de que ele podia sentir minha tristeza e sabia exatamente o que eu estava pensando. Quase como se ele se alimentasse das minhas emoções. Não querendo mais me assustar, deixei meu olhar vagar para longe dele.

— Vejo que está cansada, vou deixá-la descansar, mas voltarei em breve.

— Sim, estou um pouco cansada. Obrigada por vir e oferecer suas condolências... Espera. Você vai voltar? Não quero parecer rude nem nada, mas por quê? Quer dizer, eu não conheço você e eu...

— Eu passo por aqui com frequência, a caminho do... trabalho.

Então, agora que você está aqui, virei visitar novamente, mas vou esperar, você sabe, esperar um pouco mais até que você se ajuste.

— Ah, isso não será necessário, quer dizer, você passar por aqui de novo, de verdade, vou ficar bem.

Homem estranho, noite escura e meus pais mortos... Nada bom, pensei. — Vou pedir para um amigo meu vir ficar comigo até que eu possa arrumar as coisas por aqui antes de ir embora.

— Você vai partir? Mas acabou de chegar. — Seus olhos estavam fixos nos meus.

Tive a sensação de que não estava no controle dos meus pensamentos ou, por falar nisso, das minhas emoções. Queria que ele me deixasse em paz, mas não queria ser indelicada. Minha mente e corpo estavam exaustos e eu me tornei incapaz de dizer o que queria... Eu fiquei quieta. O que estava acontecendo comigo?

— Vou deixar você em paz. Descanse e durma bem. Ah, nunca perguntei seu nome.

Como se um interruptor tivesse sido desligado, eu voltei ao normal. — Eu... Ah, é Candra. Sou Candra Rosewood. Está tarde, então se você me dá licença, eu preciso ver o que aconteceu com o meu... amigo.

— Ah, então você é filha deles, uma pena. — Ele balançou a cabeça e pude ver minha dor refletida em seus olhos. — Boa noite, Candra, espero que possamos nos encontrar novamente em circunstâncias mais felizes.

— Boa noite. — Fechei a porta, mas espiei pela janela para ver que direção ele tomou. Em vez disso, não vi nada. Era como se ele tivesse simplesmente desaparecido no ar. Eu olhei em direção à entrada de carros; nada, apenas um manto de escuridão, e então me ocorreu: eu não tinha ouvido o som de um carro parando ou saindo, por falar nisso. Isso me assustou. — Ele veio andando. Não se apavore com esse cara.

Eu me inclinei contra a janela. — É apenas minha imaginação correndo solta de novo. — Indo para a sala, pensei nele e em como ele parecia... bom, gentil, de uma forma estranha. Algo em seus olhos me chamava, mas não com palavras, era difícil explicar; era como uma conexão entre nós. Eu me recompus e tirei esses pensamentos da cabeça.

Jogando as toras na lareira, cuidadosamente amassei pedaços de jornal e os enfiei em lugares estratégicos. Era sempre meu pai quem acendia o fogo e eu ficava de olho. Agora era a minha vez. Acendi os papéis e soprei ligeiramente. — Vamos, por favor... Por favor. — Observei enquanto as chamas engolfavam os papéis e então lentamente atingiam a casca seca das toras. Enrolei-me no sofá com a manta da minha mãe e observei as chamas dançarem entre as brasas, desaparecendo à medida que se aproximavam da chaminé. O fogo era acolhedor, reconfortante e familiar. Enquanto as chamas dançavam na lareira, me perguntei o que o futuro reservava para mim.

DOIS

A noite pareceu durar para sempre, mas consegui dormir um pouco. A luz do sol da manhã forçou sua passagem pelas cortinas leves e caiu direto nos meus olhos, me acordando. Me espreguicei, ainda me sentia exausta e a ideia de voltar a dormir parecia atraente, mas então meu estômago roncou de fome. Parecia que fazia dias que eu não comia e não tinha planejado o suficiente para pensar se haveria alguma comida na casa, ou, se houvesse, se ainda seria comestível.

Decidindo que havia coisas demais a fazer para voltar a dormir, eu me arrastei para a cozinha. Ainda era a mesma: grande e cheia de memórias. Minha mãe tinha um estilo antiquado, nunca gostara de nada moderno. Entre as paredes brancas e sem adornos da cozinha, ficava o meu eletrodoméstico preferido: o velho fogão modelo Aristocrat de 1951, o "Rei dos Fogões", com suas seis bocas, quatro fornos e dois armários para guardar panelas, todos embutidos em uma única estrutura. Coloquei a chaleira no fogo para esquentar um pouco de água e me sentei na cadeira de minha mãe. Os roncos do meu estômago colocavam uma ida ao supermercado no topo da minha lista de afazeres.

O que eu precisava era de um pouco de ar fresco para me animar depois de tanta desgraça e tristeza. Minha lanchonete preferida na cidade tinha o melhor café da manhã de todos e eu me lembrava de ir lá com minha mãe. Bons tempos. Isso fez com que o vazio dentro de mim parecesse desaparecer um pouco e eu me peguei sorrindo pela primeira vez no que pareceram anos.

Desliguei o fogão, peguei meu casaco e saí. Quando fechei a porta atrás de mim, aquela mesma sensação inquietante tomou conta de mim novamente. Olhei em volta, nervosa, mas não vi ninguém. Mas, ainda assim, a presença parecia mais real, junto com a sensação de que alguém estava em algum lugar observando cada movimento meu. E o que era ainda mais perturbador, e eu não sei nem como descrever, mas me senti conectada a essa... coisa.

Entrei no carro da minha mãe, dei ré na garagem e fui em direção à cidade. A Mansão Rosewood não ficava longe da cidade, o que era bom, porque eu não tinha percebido o quanto estava com fome. Enquanto dirigia, a paranoia levou a melhor sobre mim. Continuei olhando em volta em busca de qualquer coisa que chamasse minha atenção; algo estranho, algo fora do lugar, ou talvez uma visão dele, de Kane.

Zangada comigo mesma por estar procurando aquele cara estranho, concentrei meus pensamentos em outras coisas. O telefonema para o legista me veio à mente. Ele me dera mais detalhes sobre suas mortes, mas o que tornou tudo tão assustador foi a maneira como ele o fez, as palavras, frias e imperceptíveis: — Sinto muito, Srta. Rosewood, mas, depois das autópsias, não conseguimos encontrar nenhum vestígio de sangue em qualquer um deles. Nunca vi nada igual, deve ter sido um acidente estranho. A única coisa que faz sentido é um ataque de animal. Posso lhe enviar uma cópia do relatório por fax. — Ele desligara sem dizer mais nada, nem mesmo se despedir.

Então, meus pensamentos se voltaram para a viagem de volta das minhas férias na Itália, após receber a notícia. Eu jurei ser forte, mas estava achando muito difícil. Sufocando as lágrimas, eu não queria ser vulnerável, mas, novamente, não tinha ninguém para me consolar. Eu queria ter um irmão ou irmã ou pelo menos um amigo próximo com quem eu pudesse conversar, ficar perto, mas eu não tinha nem isso. Droga.

Quando percebi, já estava na cidade e tinha passado a lanchonete, então estacionei o carro na primeira vaga que encontrei e desci. O dia estava ensolarado. Nenhuma nuvem no céu, e isso compensava toda a desgraça e escuridão do dia anterior. Eu precisava disso. Eu precisava ver coisas familiares. Precisava ver que a vida continua e continuará. Ao abrir a porta da lanchonete, senti o cheiro de ovos, bacon e café. Eu não pude evitar, fechei meus olhos e respirei fundo. Um sorriso quase, mas não exatamente, apareceu no meu rosto. Sentei-me a uma mesa perto da janela e olhei em volta. Não estava lotado esta manhã. Alguns homens mais velhos sentavam-se juntos na outra extremidade da lanchonete, mas pelo menos pareciam estar se divertindo. Um deles eu me lembrava vagamente de ver na igreja alguns anos atrás. Ele olhou na minha direção e sorriu; Deus, espero que ele não se aproxime, não conseguia me lembrar do nome dele e não queria ouvir condolências banais de conhecidos da minha mãe.

A garçonete se aproximou e me deu meu copo d'água e um cardápio, ela recitou os pratos especiais do dia e disse que me daria alguns minutos para decidir o que eu queria. Eu já sabia o que queria, mas não tinha pressa, então agradeci. Tantas opções, mas decidi ir com a escolha usual da minha mãe, um ovo, duas tiras de bacon e torrada de trigo. Meu estômago roncou mais alto quando sinalizei para a garçonete anotar meu pedido.

— Você quer um café, também? — ela perguntou. Eu a conhecia vagamente; eu a tinha visto por aqui ao longo dos anos, quando estava de férias em casa. Acho que ela era alguns anos mais velha do que eu, mas sempre que eu a via, ela sempre estava cercada de amigos. Devo admitir que sua popularidade me deixava com ciúmes. Lembro de uma época em que eu acabara de passar dois anos em um colégio interno só para meninas no Canadá, estava dirigindo pela cidade com minha mãe e a vi sendo o centro das atenções de um grupo em frente a esta mesma lanchonete. Minha mãe sorriu para mim e, quase lendo minha mente, disse que um dia eu encontraria meu lugar no mundo e que eu teria que ter paciência.

— Não, vou querer suco de laranja, obrigada.

Eu não tive que esperar muito tempo. O serviço sempre foi bom aqui. Não demorei muito para terminar de comer meu café da manhã depois que a garçonete o colocou na minha mesa. Eu me senti como se estivesse morrendo de fome há semanas, ao invés de apenas um dia. Tudo estava tão gostoso e a sensação de que tudo ia ficar bem me invadiu. Eu também me sentia como antes. É incrível o que a comida pode fazer por uma pessoa. Comer confortavelmente, na minha opinião, alimenta a alma, assim como o corpo. Essa minha atitude em relação à comida me dera curvas que eu levara a maior parte da minha adolescência para preencher.

Depois de pagar minha conta e deixar uma gorjeta, voltei para o carro e me dirigi ao supermercado. Mais uma vez, a sensação estranha de 'estar sendo observada' se apoderou de mim. Encolhendo os ombros, disse a mim mesma: — Que besteira. — Enfiei a mão no bolso, por hábito, para pegar meu celular para o caso de precisar ligar para a polícia, mas não encontrei nada. Suspirando, lembrei que o havia perdido na Itália e ainda não tinha tido tempo de substituí-lo, adicionei isso a minha "lista de tarefas".

À distância, uma figura, escura e agourenta, ficou observando.

TRÊS

Voltei para casa e saí do carro com os braços carregados de sacolas do supermercado. Tinha começado a caminhada em direção à casa quando pensei ter visto ele, Kane, à distância, me observando. Eu parei e olhei de volta. A figura alta, vestida de preto, enrijeceu visivelmente quando viu que eu estava olhando diretamente para ele, mas ele apenas ficou lá, imóvel na sombra das árvores. Eu o achei vagamente perturbador. Isso não era normal. Na melhor das hipóteses, era esquisito, e na pior... Ignorando-o, continuei o que estava fazendo e me dirigi para a porta da frente. Lutando para equilibrar as chaves e as sacolas, eu xinguei com os dentes cerrados.

Se ele fosse qualquer tipo de cavalheiro, ele teria vindo e se oferecido para ajudar a carregar minhas compras, mas não, ele apenas ficou lá. Cerrando os dentes, tentei me acalmar e encontrar meu lugar feliz enquanto abria a porta. As compras estavam prestes a cair, então eu rapidamente fiz meu caminho até o balcão da cozinha bem a tempo de a sacola rasgar.

Tirei meu casaco, coloquei nas costas de uma das cadeiras da cozinha e comecei a guardar a comida. Eu tinha voltado para casa arrasada, mas não acabada, e esperando conseguir descobrir o que

15

aconteceu. Agora parecia que eu também ia ter problemas com um estranho metido a perseguidor. E se fosse ele quem tinha matado meus pais? Isso explicaria seu comportamento estranho.

Terminei o que estava fazendo e fui para a sala onde me deitei no sofá, olhando para o teto. Lembro de que, quando criança, pensava como seria legal se o teto fosse o chão e o chão, o teto. Tudo ficaria de cabeça para baixo. Eu costumava me imaginar andando pelos cômodos dessa maneira. Eu sorri para mim mesma. Então um barulho alto me arrancou de meus pensamentos.

— Ai, Deus, o que foi agora? — Meu coração começou a bater mais rápido.

Eu estava furiosa por me sentir tão vulnerável e assustada e mais ainda por alguém, provavelmente Kane, estar jogando esse joguinho para fazer eu me sentir ainda mais indefesa. Apertei meus lábios de raiva.

Corri até a janela, ele ainda estava nas sombras das árvores, não totalmente à vista, mas eu sabia que era ele. Eu senti sua presença. Corri para a porta e a abri. Ele apareceu bem na minha frente, como antes.

— O que você quer? Por que você não me deixa em paz?

— Candra, é assim que você cumprimenta um amigo? Estou decepcionado.

— É assim que eu cumprimento alguém que, basicamente, é um completo estranho. O que você quer? — Eu cerrei meus dentes e me mantive firme.

Ele se aproximou, respirando fundo, inalando como se minha presença não fosse suficiente para ele e ele precisasse de mais. Ele não pareceu alarmado ou surpreso com minha raiva. Me afastei dele.

— Entendo, então eu ainda sou um estranho. Vou aceitar isso por enquanto. O motivo da minha... vinda aqui foi para ver você e saber se poderia ajudar de alguma forma. Seus pais foram tão bons comigo ao longo dos anos. Seu pai, especialmente, me colocou sob sua prote-ção. Então estava me perguntando se você precisa de alguma coisa. Eu gostaria de retribuir a gentileza deles para comigo ajudando você.

— O início de um sorriso virou os cantos de sua boca para cima e o calor dele ecoou em sua voz.

Eu o encarei com reprovação. — É isso o que você faz, Sr. Smith? Faz as pessoas acharem que você é legal e que você está fazendo um favor para elas, e então, quando elas não estão esperando... BAM... Você ataca? É assim que você opera?

— Não tenho a menor ideia do que você está falando. Bam? Você está propondo que eu os matei? Nesse caso, você está redondamente enganada. Seus pais eram meus amigos. Eu...

— Pode parar! Não quero ouvir mais nenhuma palavra gosmenta da sua boca, são todas mentiras. Tudo que você diz é uma mentira e eu não gosto disso. Você não é bem-vindo aqui, e, se continuar a me incomodar, me vigiar ou qualquer outra coisa, chamarei a polícia. Você entendeu?

Kane assentiu e se virou como se fosse se afastar.

— Se eu fosse você, Candra, garantiria que suas janelas estão bem trancadas. Você nunca sabe quando um... roedor pode entrar sorrateiramente. — Sua boca se contraiu com diversão, então ele se virou e foi embora.

Ele não era o que eu pensava, não que eu soubesse o que pensar. Ele parecia mais poderoso hoje. A única razão pela qual eu sabia disso é porque havia sentido uma conexão entre nós, e isso me assustava. Meu espírito, minha vontade, diminuíam quanto mais eu o encontrava. Entrei e me dirigi à cozinha para tomar um chá quente, a mistura especial da minha mãe. Me lembrei que precisava comprar um novo celular enquanto colocava a chaleira no fogão e me sentava.

A toalha da mesa da cozinha era uma das favoritas da minha mãe. Era branca com um padrão Wedgewood marcado em azul. Segui o padrão da toalha de mesa com o dedo indicador enquanto pensava no que acabara de acontecer. A ideia de que meus pais gostavam daquele homem era inconcebível. A simples ideia dele dentro da minha casa me causava repulsa. A estranheza de tudo isso me fez pensar novamente na palavra vampiro. Estremeci e arrepios correram pelo meu corpo como se a brisa fria de uma janela aberta tivesse me atingido. Lembro de ter assistido a um filme de vampiros em que um cara aparentemente normal foi a uma casa, mas não conseguiu entrar. Como se houvesse uma parede invisível diante dele. Só quando ele foi... — *Convidado* — murmurei em voz alta.

A chaleira assobiou, me fazendo voltar ao presente. Levantei e preparei uma xícara quente de chá de ervas. Coloquei a mistura seca na panela e derramei a água quente. Por alguma razão, isso não saía da minha mente. Toda essa coisa de vampiro começava a fazer sentido. Quanto mais eu pensava nisso, mais me assustava. Dando a mim mesma uma grande sacudida mental e física, voltei minha atenção para o chá. Eu gosto de chá forte. Seu calor perfumado invadiu primeiro minha garganta e depois meu estômago, aliviando as tensões dos últimos dias. Meus pais costumavam beber chá aos baldes. Quando criança, eu adorava o cheiro, mas não o sabor. Agora minhas papilas gustativas haviam amadurecido e eu adorava essa mistura em particular, nenhum outro chá tinha o mesmo gosto. Quando estava na escola, minha mãe me mandava suprimentos regulares de biscoitos caseiros e da sua mistura especial de chá de rosa mosqueta para me lembrar de casa.

— Vampiro... — Rolei essa ideia pela minha cabeça, pensando em tudo que experimentara até agora e o que sabia sobre eles, e me perguntei se algo assim poderia realmente existir. Eu tinha que ter certeza de que não estava enlouquecendo. Vampiros... Soava tão estrambólico que não podia ser verdade, não agora, não no século vinte e um, mas o que mais poderia ser? Eu ainda não me sentia bem, não me sentia eu mesma; como se estivesse sentindo coisas através do filtro das emoções de outra pessoa. — Estou ficando louca, eu sei que estou! — Largando a xícara, levantei-me, fui até a janela sobre a copa e olhei para fora. — Quem é esse Kane e por que me sinto tão conectada a ele? — Eu me perguntei. E, se ele era amigo dos meus pais, por que eles nunca o mencionaram para mim?

Então me lembrei do meu vizinho, o Sr. Bennet. Eu precisava ir visitá-lo. Se alguém poderia me dar respostas, era ele. Ele devia conhecer meus pais, então ele poderia saber algo sobre Kane. Quando fui para meu primeiro colégio interno, ele já tinha se mudado para a velha casa de fazenda, a cerca de um quilômetro da nossa casa, embora não me lembre de tê-lo visto por aí ou de ele algum dia ter nos visitado. Era final de tarde quando decidi ir lá.

Eu desci a rua. A visão e o cheiro de folhas secas encheram meus sentidos e não pude deixar de andar entre elas. Elas enchiam a rua enquanto eu caminhava e me senti quase como uma criança em minha alegria. Eu não estava sentindo a presença de Kane, pelo que senti um certo alívio, mas, ao mesmo tempo, sua ausência me entristecia.

A casa do Sr. Bennet sempre me lembrava de uma pintura em uma caixa de chocolate, uma visão de conto de fadas saída do sonho de uma criança. Os tijolos marrons exuberantes e os intrincados relevos, enjuntas e gabletes de um branco brilhante me deixaram deslumbrada. Percebi que não havia nada fora do lugar. O jardim repleto de árvores parecia intocado e as janelas eram claras, mas tão claras, que você poderia jurar que não havia vidros nas molduras. Um balanço pendurado preguiçosamente na varanda e móveis de vime completavam o cenário aconchegante. Ele arrumara este lugar de uma maneira tão grandiosa. Na cidade, as pessoas costumavam dizer que a casa era mal-assombrada e que às vezes se ouviam gritos vindos dela. *Ótimo, continue pensando nessas coisas, Candra. Você não vai conseguir colocar nem um pé no degrau desse jeito.*

Quando finalmente me aproximei, deixei todas aquelas histórias estranhas para trás e respirei fundo. Primeiro passo, segundo passo, terceiro passo, eu estava fazendo progresso, e por último o quarto passo. A grande e velha porta de carvalho estava bem na minha frente, então bati. Meu nervosismo me fez sentir que isso era um erro. Me virei para voltar para casa quando a porta se abriu.

— Ora, mas não é uma bela surpresa? Entre, por favor. — Ele segurou a porta aberta para mim. — Posso pegar seu casaco?

Imediatamente eu agarrei a frente dele e respondi educadamente:
— Não! Quer dizer, ainda estou com um pouco de frio, mas obrigada.

— Se eu tivesse que correr para casa, ainda estaria com minha

jaqueta. Eu ainda não estava completamente louca. Não completamente... Pelo menos não ainda.

— Eu queria apenas dizer o quanto lamento por sua perda. Se
houver algo que eu possa fazer ou conseguir para você, não hesite em
pedir.

— Bem, eu tenho algumas perguntas que espero que você possa
responder. Eu me sinto meio idiota porque é sobre meus pais e Kane.

Seu rosto quando mencionei Kane me disse que eu tinha atingido
em cheio. Afinal, tinha feito a coisa certa ao vir aqui. Ele acenou para
que eu o seguisse. Ao fazer isso, não pude deixar de notar as pinturas
a óleo cercadas por molduras douradas ornamentadas. O Sr. Bennet
parecia com algumas das pessoas nelas, então suponho que devem ter
sido seus ancestrais. Eu sabia que devia ser um truque de luz, mas
eles davam a impressão de se parecer com meu pai, também. Achei
que fosse apenas uma coincidência e esqueci disso enquanto o
seguia.

— Aqui estamos, sinta-se em casa — disse ele, indicando que eu
deveria me sentar.

Eu ainda me sentia desconfortável, mas sabia que ele tinha
respostas. Que ele sabia de algo. Eu só tinha que aguentar um pouco
mais.

— Então, o que é que você deseja me perguntar? — Ele pegou seu
cachimbo e o acendeu. Nuvens de fumaça escaparam de sua boca e
flutuaram sem rumo em direção ao teto. — Você se importa? — ele
perguntou e meneou seu cachimbo ligeiramente na minha direção.

— Não, é sua casa, faça o que quiser. Hum, então, isso vai soar
meio esquisito. Você sabe alguma coisa sobre esse tal de Kane? Kane
Smith. Ele é um amigo dos meus pais, eu acho.

Eu pude ver que o nome causou nele outro pequeno choque de
uma emoção que não identifiquei, mas novamente ele se recompôs.
Fazendo uma pausa, como se estivesse pensando, ele respondeu: —
Então, você conheceu nosso Sr. Smith, não é? Eu sei muito pouco
sobre ele. Ele tem mais ou menos a sua idade. Ele estava sempre visitando a casa e então meio que desapareceu. Eu me perguntei se ele e

seus pais haviam se desentendido. Ele costumava ajudar sua mãe no jardim e muitas vezes chegava antes do nascer do sol.

O antes do nascer do sol chamou minha atenção imediatamente.
— Chegava antes, e...

— E eu acho que ele os ajudava com outras coisas. Candra, Srta. Rosewood, o que está acontecendo? Você parece preocupada.

— Não tenho certeza de como começar. Ele veio me visitar ontem à noite, minha primeira noite de volta. Não era tarde, mas tarde o suficiente para que eu achasse estranho. Ele disse que era para oferecer suas condolências. Enfim, quando ele saiu, ele meio que desapareceu. Ai, eu sei que isso parece bobo e que provavelmente estou imaginando coisas. Isso só me assustou. Nunca vi ninguém sumir tão rápido. Então, houve momentos em que eu o avistei, do nada, me observando de longe ou ele simplesmente aparece lá, sabe; abro a porta e surpresa! Ele está me assustando e seu jeito é tão... irritante. Eu não gosto dele.

Isso era uma mentira. Eu sentia algo por ele, mas o porquê, eu realmente não sabia. Mas algo em mim parecia reconhecer algo nele e minha solidão diminuía, só um pouco, cada vez que o via de relance. Meus sentimentos estavam se tornando mais intensos a cada encontro e eu me odiava por me sentir assim.

Eu me perdi em minhas próprias reflexões e não percebi o que estava acontecendo com o Sr. Bennet; olhando para ele, achei que ele estivesse tendo algum tipo de derrame. Seus olhos estavam vidrados e ele olhava para o nada. Os ossos de suas mãos se projetavam enquanto ele agarrava os braços da cadeira, brancos e pálidos.

— Sr. Bennet?

— Quando esse sentimento de conexão começou, Candra? — ele falou, não para mim, mas através de mim como se eu não estivesse lá. Ele parecia preocupado com tudo isso.

Escolhendo minhas palavras com cuidado, respondi a ele: — Ontem à noite, minha primeira noite em casa.

— É tarde demais, já começou. — Seus olhos agora estavam fixos em mim, mortalmente sérios.

— Começou? — Eu não costumo ser paranoica, mas... — Ok, o senhor está me assustando agora. Eu nem sei para que é tarde demais, então você vai ter que me dar um pouco mais de...

— Você foi marcada, Candra. Você tem a primeira marca; há mais três por vir. Gostaria que me deixasse continuar sem interrupções, pois é imperativo que me ouça. Existem quatro marcas para um servo humano, uma vez que todas as quatro são dadas, o humano se torna totalmente preso a aquele vampiro, e, Candra, essas marcas não podem ser removidas.

Um arrepio percorreu meu corpo. Era igual ao de antes, quando a palavra vampiro invadiu minha mente, me perseguindo. Desta vez, o sentimento foi mais pronunciado.

Vampiro... A palavra, como veneno, passou pela minha mente, me deixando doente. Eu queria que isso fosse um sonho, eu sabia que, na realidade, vampiros não existiam, eles são fictícios, encontrados apenas em livros, filmes e lendas de tempos menos sofisticados. Ouvir o Sr. Bennet, meu vizinho de meia-idade de aparência respeitável, falar em vampiros deveria ser engraçado, mas não era, pelo contrário fazia a ideia parecer ainda mais válida.

— Tem que haver uma maneira de detê-lo, Sr. Bennet. Eu não pedi por isso. Eu não tenho nenhuma escolha? — Eu sabia, vindo de algum lugar na minha memória armazenada de todos os filmes de terror que eu já assistira, que quando se trata de vampiros, a vítima geralmente não tem nenhuma escolha. Se o Sr. Bennet e minha intuição estivessem certos, era minha infeliz vez de ser a vítima do vampiro.

Então seu comportamento mudou. Ele não parecia mais ameaçador, mas quieto, quase sereno, enquanto falava. Era um pouco enervante se você me perguntar, porque minha vida estava em jogo e ele estava tão, tão... receptivo a isso, quase como se eu devesse entender a situação. Ok, eu havia conhecido um homem estranho e agora vinha o seu concorrente. Foi quase como reviver um episódio de "Além da Imaginação". Eu queria ir embora, mas meu instinto me lembrou que era isso o que eu queria saber, então aguentei firme.

— Ele quer um servo humano, você. Você tem algo que ele deseja e, ao se ligar a um humano, ele se torna mais poderoso. Você e ele vão estar tão sintonizados um com o outro que você se tornará um receptor de seus sentidos. Na verdade, este contrato, como é chamado, pode ser voluntário, mas... há momentos em que essas marcas são dadas contra a vontade do humano, como no seu caso.

Meu estômago revirava violentamente com cada palavra que ele dizia, se amarrando em nós tão apertados que eu agarrei meu abdômen para aliviar a dor.

— Há um lado bom nisso.

Eu não podia acreditar que tinha ouvido a palavra bom. — Desde quando o fim da minha vida parece bom para você? Você é louco? Eu tinha minhas dúvidas sobre vir aqui e agora posso ver o porquê. Você está do lado dele; você quer que ele me controle, você... — Eu não conseguia continuar.

— Candra, por favor, me ouça.

— Fique longe de mim... Espere, como é que você sabe que ele é um vampiro? Você mudou sua história desde que começamos a conversar. Você sabe mais sobre a morte dos meus pais, não é? — O frio nauseante estava de volta, algo estava muito errado.

— Ouça-me, Candra; Kane se beneficia com o vínculo, mas você também. — Ele viu a expressão enojada em meu rosto e se apressou em sua explicação.

— Você ganha seu poder, sua força e uma vida mais longa. — Então ele sorriu para mim encorajadoramente.

— Eu deveria pular de alegria agora, então? — Levantei-me e marchei em direção à porta, minha mão alcançando a maçaneta. — Estou indo embora, vocês dois se merecem, vocês são os dois... iguais. — Mas algo me fez parar e olhar para ele. Ele apenas ficou ali parado, sério, mas algo em sua expressão, presunçosa, me fez perceber que tinha acertado o alvo.

— Se você apenas ficar e me ouvir, vou explicar tudo o mais calmamente que puder. Você pode confiar em mim, Candra. Eu não vou te fazer mal. Eu quero ajudar... Se você me permitir. Por favor, deixe-me ajudá-la.

— Me ajudar; você só pode estar brincando! Me ajudar a ir direto para a cova, só se for... Eu vou dar o fora daqui. Chegue perto de mim ou pise na minha propriedade e juro que você vai desejar não ter feito isso.

Com isso, abri a porta e corri. Bem rápido.

QUATRO

Utica, 1859

Era 1859; O Natal estava chegando. Kane tinha acabado de visitar alguns amigos. Ele estava voltando para casa quando o sol começou a se abaixar por trás da encosta e, de repente, sem motivo, ele ficou nervoso. Os cabelos na sua nuca se arrepiaram. Não era normal que ele ficasse nervoso com qualquer coisa. Normalmente, era ele quem todos procuravam para obter ajuda ou proteção, mas isso era diferente... inquietante. Ele olhou em volta, com cuidado, cauteloso, mas como nada parecia errado, ele riu de si mesmo e continuou a andar. Ele parou novamente; alguém estava atrás dele, o seguindo. Ele ouviu distintamente o barulho de passos na neve, mas não viu nada. Com seus ouvidos se esforçando para captar qualquer coisa, sua respiração desacelerou. Seus olhos procuraram por alguém ou algo.

— Apareça, seja lá quem você for, eu me cansei de você se esconder. Mostre-se de uma vez. — Nada, apenas o som do gelo estalando nos galhos enquanto o vento soprava por eles. Seu coração batia forte no peito enquanto ele lentamente procurava pelo terreno mais uma

25

vez. Quando ele se virou para ir para casa, uma figura escura parou na frente dele. Uma criatura ameaçadora, de olhos vermelho-rubi. Ele parecia um homem na casa dos 20 anos, mas seus cabelos grisalhos confundiam a idade. Seu terno era preto, com uma camisa branca por baixo e gravata, ele se vestia para uma noite fora e usava um anel de sinete na mão esquerda.

— Q-quem é você? O que você quer de mim, senhor? — Kane sabia que este não era um homem comum; pelo menos nenhum homem que ele conhecera tinha olhos vermelhos que pareciam brilhar no escuro.

— Meu nome não é importante. O que eu quero é... você. — A curva de seus lábios, enquanto ele sorria, causou arrepios na pele de Kane.

— Então, o que é que você deseja? Senhor, é tarde e o ar da noite não é favorável à saúde. Então, se você não se importa, gostaria que apressasse um pouco essa conversa. — Kane queria ir embora, até mesmo voltar para a cidade, qualquer coisa para fugir, mas quando ele tentou se mover, seu pé travou, como se estivesse congelado no local. Ele tentou com mais afinco, mas sem sucesso. O pânico tomou conta dele e, ainda assim, quando olhou nos olhos do estranho, sentiu-se calmo.

— Você estragou toda a experiência para mim. Quero dizer, onde está o prazer em caçar se você tem que correr? A graça nisso é o medo que você ouve no coração da sua presa, eles batem tão rápido, é tão... emocionante, você não pode nem imaginar, pode? Não, eu acho que não, mas você não precisa, porque... — ele riu profundo e baixo, quase como um rosnado, — ... porque você, senhor, é a presa. Pena que tive que te explicar tudo; agora você está ciente da sua posição. Vou só acabar com isso e pronto, o que é uma pena, porque você parecia que teria rendido uma boa luta.

Kane, horrorizado com o que foi dito, desejou ter sua arma, mas ele a deixara em casa antes de sair mais cedo naquele dia para visitar o pastor e sua filha. O estranho se agachou como se fosse uma pantera pronta para atacar sua presa. Seus lábios deslizaram para trás sobre os dentes, expondo suas presas. Pouco antes de saltar, um som sibilante escapou de sua boca.

Um grito perfurou a noite.

Um cavalo relinchou e uma voz veio com ele. — Você aí, eu digo, o que está acontecendo aqui? — A criatura assobiou de raiva e então desapareceu na noite. Kane estava caído na estrada, meio morto, com uma ferida aberta no pescoço.

— Meu Deus, homem, o que ele fez com você? Vou te levar para a minha casa, é logo descendo a estrada. Eu posso te ajudar. — O homem içou Kane em seu cavalo à sua frente, em seguida, desceu a estrada para uma casa grande e elegante afastada da estrada. Pinheiros altos cercavam a frente da casa para torná-la isolada da vista. Ele o carregou sem problemas e o colocou no quarto de hóspedes.

— Jurei que não faria isso de novo, mas não posso deixar um homem morrer nas mãos daquele monstro. — Ajoelhando-se perto da cama, ele disse algumas palavras em uma língua estranha, parou por um momento e começou a curar a ferida colocando as mãos sobre ela. A pele ao redor de cada abertura começou a cicatrizar e então desaparecer completamente como se nunca tivesse existido. O homem deu um suspiro pesado e se levantou. — Aí está, meu jovem, eu fiz o meu melhor. Você não morrerá, mas temo que sua vida tenha sido alterada. Ele foi até a janela e olhou para fora. A neve começara a cair novamente.

Dias Atuais

— Não esqueci o que jurei há muito tempo. Você morrerá, mesmo que isso signifique minha própria morte... Charles Rosewood.

Correndo da casa do Sr. Bennet, ouvi a voz de Kane, clara como o dia, na minha cabeça, enquanto passava pela figura alta que assombrava o pesadelo que agora era minha vida. Rezei para não estar tendo um episódio psicótico. Talvez toda essa loucura estivesse apenas na minha imaginação, causada pela morte repentina de meus pais. Talvez, para não enfrentar a verdade de que minha vida se tornara um pesadelo, eu construíra meu próprio mundo de fantasia, ao invés de encarar a realidade.

CINCO

Assim que alcancei a relativa segurança de casa e me encostei na porta da frente ofegante, a ideia das marcas assumiu um significado completamente novo. Não era algo saído de um filme de terror ou livro de ficção; isso era real. Ele esteve dentro dos meus pensamentos esse tempo todo; ele é um vampiro e assassinou meus pais. O problema agora era o que eu poderia fazer sozinha e o quanto deveria confiar no Sr. Bennet.

— Talvez eu pudesse conseguir uma ordem de restrição contra ele, mas, sendo um vampiro, não há papelada legal que iria mantê-lo longe de mim.

Pendurei meu casaco, e então as palavras que haviam surgido dentro da minha cabeça voltaram para mim, claras como o dia.

— Charles Rosewood... — O nome parecia familiar para mim, mas eu não conseguia me lembrar porque, e por que Kane estava ameaçando um dos meus parentes? Isso poderia me dar mais pistas sobre quem teria matado meus pais?

Eu me perguntei quem teria sido Charles Rosewood, obviamente um parente de algum tipo, mas eu nunca o conhecera ou ouvira meus pais falarem dele.

Entrei no escritório de meu pai; o álbum de família estava na prateleira, então eu o peguei. A poeira cobria a capa de couro marrom e escondia o nome da família. Amorosamente, limpei-o e comecei a folhear as fotos. As memórias vieram enquanto eu olhava para mim mesma com dois anos de idade ou mais, mas havia longos buracos de quando eu estava na escola. Todo o prazer me deixou e a tristeza pareceu pesar sobre mim. Eu não sabia o que fazer. Eu não sabia como ou o que deveria fazer para lidar com a perda de meus pais. Agora, um horror que antigamente, para mim, existia escrito apenas em histórias de ficção parecia mais real. Meu mundo mudara, quase que no intervalo de uma respiração para a outra. Eu mal podia acreditar.

Suspirando, coloquei o álbum na mesa e juntei minhas mãos, olhando para elas. Os pensamentos brilhavam como instantâneos na minha cabeça. Algo clicou em minha mente. Uma compreensão aterrorizante tomou conta de mim. Meus pais haviam dado a ele sua amizade e eles convidaram... ele... a entrar. Meu queixo caiu. — Ai meu Deus, eles o convidaram para entrar na casa. Como puderam ser tão ingênuos? — sussurrei. Procurei pelas minhas memórias de infância. Nosso vizinho, o Sr. Bennet, nunca fora convidado a entrar em nossa casa.

Eu revi o que eu pensava que sabia com certeza, que era: vampiros não podiam simplesmente entrar em uma casa; eles tinham que ser convidados a entrar. Lembrei que mamãe e papai haviam plantado alho, mas não conseguia me lembrar de minha mãe tê-lo usado na cozinha, embora ela usasse as flores dentro de casa. Provavelmente porque, em algum lugar, eles haviam lido que vampiros não gostavam de alho. Por alguma razão, e... eu não sei quais haviam sido seus pensamentos na época, meus pais pareciam ter se interessado pela mitologia dos vampiros. Eu só sei que os vi no cinema e li sobre eles em romances, mas, se alguém tivesse me perguntado se meus pais assistiam ou liam sobre vampiros, eu teria respondido que não, nunca. Eu achava que conhecia meus pais de dentro para fora, mas agora tinha a sensação de que eles tinham uma vida totalmente fora do meu entendimento. Foi quase como descobrir que seus pais ainda faziam sexo, ou pior, pegá-los fazendo sexo.

— Droga, por que eu não os conhecia melhor? Por que eles não falaram comigo sobre nada disso?

Confusa, vaguei inquieta pela casa. Visitei meu quarto brevemente e o encontrei cheio de lembranças, mas ainda me sentia muito vulnerável para me demorar por lá, então voltei para o escritório e peguei o álbum de família mais uma vez. Eu caí na poltrona de couro de meu pai e coloquei minha cabeça contra ela.

O álbum abriu, quando o coloquei no meu colo, na foto de um cavalheiro. Suas feições austeras pareciam bastante jovens, mas eram emolduradas por longas costeletas salpicadas de cinza. Ele tinha um ar de autoridade, a aparência de alguém que comandava obediência instantânea.

Estudei a foto por muito tempo; teve um grande efeito sobre mim. Inclinei minha cabeça da esquerda para a direita, os olhos focados na foto. Então, a tirei para ver se havia algo escrito no verso. Seu nome, Charles Winslow Rosewood, estava escrito com a letra mais perfeita que eu já vira.

Meus músculos ficaram tensos e meu coração disparou. Então uma voz dentro de mim falou: — Candra, dê-se a nós, não a ele, os laços de sangue são mais poderosos que quaisquer outros. — Eu rapidamente empurrei o álbum para longe de mim, e ele caiu no chão.

A voz na minha cabeça não tinha nenhuma emoção; isso me gelou. As palavras se repetiram em minha mente, intensificando meu medo de que a voz de Charles Winslow Rosewood agora fizesse parte de mim também. Olhei para o álbum como se estivesse possuído. Eu me perguntei por que nunca tinha visto a foto de Charles Rosewood antes e por que meus pais nunca me falaram sobre seus próprios pais ou avós. Aí outra conexão me atingiu, a da importância da posição do meu pai, o porquê de ele nunca sair de casa como o pai de todo mundo. Por que meus pais nunca me incentivaram a fazer amigos na Igreja ou na escola? Meus pais e eu éramos tão próximos que nunca precisei de ninguém ou de nada do mundo exterior.

— Eu acho que já tive o suficiente por um dia.

Então pensei: — Não, eu cheguei até aqui, preciso saber mais. — Eu precisava reunir minha coragem e convidar o Sr. Bennet para uma visita. Me arrependendo muito dessa decisão, mas entendendo que precisava encontrar ajuda, fui até o armário para pegar meu casaco quando a campainha tocou. Eu espiei pela cortina. O próprio Sr. Bennet estava parado do outro lado da porta. Ele tinha lido meus pensamentos? Minha mente ficaria tão lotada que eventualmente eu mesma seria empurrada para fora?

— Mas que coincidência, eu estava prestes a ir até sua casa... — As palavras "pode entrar" me fizeram parar, mas então eu o convidei. Decidi que a necessidade de mais informações era maior do que a minha necessidade de mantê-lo fora.

— Obrigado, Candra; Estou feliz que você tenha pensado melhor sobre mim. Então, por que você ia me visitar? Tem mais perguntas?

— Nada o assusta, não é, Sr. Bennet?

Ele não disse nada, ainda não, mas eu sabia que ele diria. A maneira como ele olhava para mim, foi como se ele pudesse ler minha mente de fato.

— Como eu disse antes, não quero nada além de ajudá-la, Candra; você é como parte da família para mim. Eu só queria ajudar, mas seus pais estavam receosos. Deixe-me ajudá-la, por favor.

Pesei cada palavra com cuidado. Eu não queria parecer ansiosa demais por sua ajuda, mas queria saber mais sobre as marcas. Olhei para o homem que tinha sido nosso vizinho durante a maior parte da minha vida e percebi algo que antes nunca me ocorrera. Ele nunca mudou, não envelheceu um dia comparado ao homem em minhas vagas memórias de infância. Ele ainda parecia estar na casa dos 40 anos, cabelo preto com fios prateados nas têmporas. Seu rosto ainda estava sem rugas e até mesmo suas roupas pareciam imutáveis.

— Candra, posso entender sua hesitação e posso dizer que ainda tem algumas perguntas sem resposta. Estou certo?

Eu precisava ser cuidadosa e manter as aparências como se ele ainda me irritasse, mas que eu estava disposta a ouvir. Eu não confiava totalmente nele, mas tinha que parecer complacente como se quisesse sua ajuda. Então me sentei em frente a ele. E se ele matara meus pais e não Kane? Isso trouxe uma nova onda de pânico, porque agora eu o havia convidado a entrar. Brilhante ideia, Candra.

— Pode parecer um pouco tarde para isso, mas como você sabia que eu tinha voltado? E você sabe alguma coisa sobre a correspondência dos meus pais?

— Candra, pense bem, que tipo de vizinho eu seria se deixasse a correspondência dos seus pais empilhar do lado de fora? E quanto a saber que você tinha chegado, eu estava em uma das minhas caminhadas noturnas e vi você chegar em casa.

— Ah, bem, é verdade... obrigada. — Minhas bochechas ficaram quentes enquanto um pequeno rubor começava a aparecer. Eu me perguntei se ele sabia que eu já tinha conversado com o advogado dos meus pais.

— Você quer mais informações sobre as marcas, não é? — Ele recostou-se no sofá enquanto juntava as pontas dos dedos das duas mãos, formando uma pirâmide. Seu olhar me perturbava e eu tinha certeza de que ele achava esse tipo de questionamento um jogo de raciocínio. Um sentimento dentro de mim, minha conexão, me incitou a ter cuidado e assim o fiz.

Eu olhei para ele com cuidado, pensativa, me perguntando o que ele estava tentando fazer. — Sim, suponho que seria sensato saber no que estou me metendo, caso... — Caso o quê? Eu precisava pensar antes de falar.

Seu interesse despertou e a luz em seus olhos ficou um pouco mais brilhante. — A primeira marca, que você já recebeu, é onde ele compartilha sua força vital com você, uma espécie de conexão, se assim você quiser chamar. A primeira marca é dada pessoalmente, mas nem sempre ele ou ela precisa estar presente. Com a segunda marca, o humano verá dois pontos em chamas, a imagem dos olhos do vampiro. Esses pontos em chamas virão em sua direção até atingirem seus olhos e então o humano verá o mundo através deles por apenas um momento e, aqueles que o virem, verão seus olhos brilhando.

Novamente, isso geralmente é feito pessoalmente, mas nem sempre é assim.

Sua voz estava calma, embora parecesse que ele gostava demais da minha educação. De vez em quando eu pensava ver um pequeno sorriso brincando em sua boca, mas cada palavra que ele falava parecia uma sentença de morte para mim, e ainda assim, algo lá no fundo de mim, que eu não conseguia nem descrever, parecia receber tudo com prazer.

— A terceira marca é a mais séria, pois envolve tirar seu sangue...
— Ele fez uma pausa, esperando que eu ficasse histérica, mas me sentei em silêncio e esperei que ele continuasse.

— A terceira e a quarta marcas são quase um símbolo de casamento. O vampiro deve tirar sangue de você para que suas memórias, emoções e pensamentos possam se tornar um. Outras coisas também são compartilhadas, em um nível mais pessoal. Essas marcas são como uma experiência sensual para o vampiro e muito gratificantes. O vampiro pode até sentir o gosto da comida que você come. Obviamente, isso é feito fisicamente, então você teria que estar presente. Para criar a quarta marca, a marca final, você beberá o sangue do vampiro enquanto ele recita algo como: "Sangue do meu sangue, carne da minha carne, duas mentes com um corpo, duas almas diferentes agora feitas uma." Existem outras versões, cada vampiro tem sua própria maneira de dizer isso, mas você entendeu a ideia, o que se diz não é tão importante quanto o compromisso formado entre o humano e o vampiro. Ambos se tornam um, como em um casamento.

Eu precisava de um momento para pensar; isso era um pouco de informação demais para eu processar de uma vez só. Perguntei ao Sr. Bennet se ele gostaria de um pouco de chá e ele acenou com a cabeça. Fiquei aliviada apenas por sair da sala. Eu não havia tido ideia do que aconteceria comigo e, agora que sabia, não gostava disso. Quando voltei, ele ainda estava sentado na mesma cadeira, olhando para longe. Entreguei-lhe sua xícara e sentei-me com a minha, bebendo com a mão trêmula.

Eu estava mortificada. — Isso existe, esse... ritual? — Tentei manter a calma por dentro e por fora, mas minha voz saiu alta demais. Limpando minha garganta, tomei um golinho de chá. Na verdade, foi mais um grande gole do que um golinho.

— Então, quando você me disse antes que tem um lado "bom" nisso, pode me explicar o que quis dizer? Porque não estou vendo nada que se pareça com algo bom.

— Candra, uma vez que você recebe a quarta marca, você para de envelhecer. Você permanece humano; você ainda pode receber sacramentos abençoados e entrar em edifícios sagrados, como igrejas e cemitérios e, o mais importante de tudo, não precisará beber sangue para sobreviver. — O Sr. Bennet pegou sua xícara de chá intocado, mas cheirou o ar e colocou a xícara na mesa. Quase perguntei se havia algo de errado com o chá, mas estava muito preocupada com o que ele acabara de dizer.

— Nunca envelhecer... Nunca vou envelhecer, nunca vou morrer e ver meus pais... Nunca, e você acha isso bom? É, você é igual ao Kane em todos os sentidos, frio e sem coração. — Levantei-me e fui até a janela. Eu estava lutando contra as lágrimas que estavam prestes a derramar.

— Me desculpe Candra, eu não quis dizer isso, eu estava apenas tentando... Eu acho que já disse o suficiente por um dia, eu vou me retirar. Se você tiver qualquer outra dúvida, sabe onde me encontrar. Tenha um bom dia.

O clique da porta da frente sendo firmemente fechada foi o último som que ouvi.

Minha mente estava lânguida, sem esperança. Eu pressionei minha mão sobre meu rosto e me resignei ao fato de que tudo estava perdido. Decidi que uma saída curta me faria bem. Só para fugir de casa, do Sr. Bennet e de Kane. Isso me ajudaria a pensar com mais clareza, sem mencionar que o ar fresco também poderia ajudar.

Vestida com um casaco quente, peguei o carro e voltei para a cidade. Procurei Kane ao redor, mas não vi nada, fiquei aliviada e ao mesmo tempo desapontada, o que me incomodou. Ele era a razão da minha obsessão com toda essa coisa de vampiro. Ele também era alguém que, para mim, deveria ser perseguido com tochas e enxadas e expulso da cidade. Algo nele fazia com que eu não pudesse odiá-lo e me senti culpada. Mantendo meus olhos focados na rua à frente, tentei bloquear o que quer que fosse que me incomodava, mas se provou impossível.

— Pare — eu gritei alto. — Já deu, não acha? Deus, o que estou fazendo? Este idiota é um cafajeste, e estou deixando ele me atingir, me derrubar e sentar em cima de mim.

Entrei no estacionamento, saí do carro e bati a porta. Ele estava em algum lugar por perto, e isso despertou algo bruto e incivilizado dentro de mim. Eu olhei em volta brevemente, mas não vi ninguém. Ainda assim, ele estava lá. Vozes sussurraram em minha cabeça, mas não consegui entender as palavras. Comecei a me perguntar se ele poderia estar me provocando. Então, uma voz interior cínica cortou meus pensamentos. Meu coração começou a bater descontroladamente. Eu estava com medo? Eu pensei sobre isso e descobri que não e isso me intrigou. Excitação percorreu minhas veias, como energia. Ela aumentou conforme a necessidade de mais me preenchia. Eu senti o prazer dele.

— Você sente o que eu sinto, não é? Isso é bom, Candra. Deixe-me entrar. — Suas palavras, suaves como mel, agarraram-se a mim. Em um estupor de sonho, fiquei paralisada e com medo de que, se me mexesse, a sensação desapareceria. Não se parecia com nada que eu já sentira antes, era intenso e excitantemente sedutor. Mesmo nunca tendo tido um encontro, agora eu sabia como era a antecipação sexual.

— Vá... Nossa hora vai chegar...Você é a mulher mais bonita que já vi.

A voz dele se foi, e eu queria derreter bem ali. Sua voz, como manteiga, espalhava-se por mim, hipnotizando minha própria alma.

Depois de alguns minutos, me senti um pouco mais como eu mesma. Mesmo me sentindo mais calma, ainda tinha uma sensação estranha da qual não conseguia me livrar e pensei que minha ansiedade estava levando o melhor de mim. Lembrei-me da última vez que tivera esse problema com ansiedade: a comida parecia curá-lo, então comecei a pensar no que comer. Não conseguindo pensar em nada e descobrindo que dirigir para "fugir" era inútil, decidi simplesmente voltar para casa.

Voltei para o carro e olhei em volta para ver se alguém tinha notado meu comportamento estranho. Ninguém tinha, graças a Deus, então fui embora, mantendo meu foco na estrada. Meu único objetivo naquele momento era chegar em casa, comer e tentar voltar à normalidade. Além disso, eu pretendia ignorar minha obsessão bizarra por Kane, e iria conseguir, não ia mais procurar por ele, embora este encontro que acabáramos de ter tivesse sido muito intenso... — Não, Candra, não pense, só dirija!

— Um banho quente! — as palavras, espontâneas, saíram como pedaços do céu, e quanto mais eu pensava nisso, no calor banhando cada centímetro do meu corpo, mais relaxada eu ficava. Isso me deu o incentivo para chegar em casa rápido.

Em meus sonhos, uma figura alta e escura saiu das sombras, Kane. Ele se aproximou da casa, com uma energia inquieta em seus movimentos ao se aproximar da janela. As cortinas se abriram e a janela também. Ele parou e inalou profundamente como se minha fragrância o intoxicasse completamente.

— Eu sei que você está dormindo, você está aí tão tentadora, tão vulnerável, mas não vou tentar acordá-la agora. Eu quero pegá-la para mim quando chegar o momento certo, quando você estiver pronta; sua doçura trará muito prazer para nós dois. — Seu olhar caiu sobre a pele macia do meu pescoço, ele se virou, abrindo um sorriso e então desapareceu na escuridão.

Acordei e meu sonho pareceu tão real. Instantaneamente, meus olhos foram atraídos para as cortinas. Elas se moviam suavemente com a brisa vinda da janela aberta.

SEIS

Totalmente acordada, sentei-me abraçando a manta de minha mãe. Era de manhã cedo e lá fora a chuva batia suavemente na janela. Não consegui voltar a dormir por causa de Kane. Ontem ele havia despertado algo inquieto e profundo em mim. Eu podia sentir tudo o que ele sentia e isso despertou meus sentidos a tal ponto que fiquei quase eufórica. Levantando-me do sofá e deixando o conforto da manta de minha mãe, fui até a janela e observei o amanhecer surgindo sobre as árvores.

Eu estava absorta na beleza ao meu redor quando aconteceu... Olhos que pareciam chamas brilharam à distância. Agora quase em um estado de transe, saí do quarto. A porta da frente abriu sozinha e eu deixei a segurança da casa dos meus pais. Ainda de camisola; logo fiquei encharcada pelo aguaceiro da manhã, a camisola agarrando-se a mim como uma segunda pele, expondo meu corpo. Continuei descendo os degraus e cruzando o quintal, meus olhos fixos. Cada vez mais perto; Eu tremi quando Kane me chamou.

Parei e soube que meus olhos não brilhavam mais como uma esmeralda profunda, mas assumiram a aparência daqueles que eu tinha visto da janela... de fogo. Nossos olhos se encontraram. Eu queria gritar, mas uma voz dentro de mim me disse que tudo estava como deveria ser. Não vendo mais o mundo como ele realmente era, ele agora assumia uma nova aparência, tudo ao meu redor brilhava, a visão queimou violentamente por um momento e então desapareceu.

Kane apareceu, saindo da névoa, ainda tão atraente como sempre. Seus olhos... Eles eram como vidro, claros e sedutores. Sua pele era branca como a neve e macia. Eu queria sentir suas mãos brancas e frias no meu corpo. Nós não falamos. Não havia necessidade. Instintivamente, fiquei paralisada, imóvel e incapaz de me mover enquanto ele se aproximava. Sua respiração gelada tocou minha bochecha. Ele se inclinou perto de mim e inalou profundamente. Eu fechei os olhos. Um som de murmúrio baixo veio de dentro dele. Sua luxúria tomou conta de mim quando seus lábios frios tocaram minha bochecha. Calafrios percorreram meu corpo. Lentamente e muito levemente, ele lambeu uma trilha de gelo em direção ao meu pescoço. Meu coração bateu forte. Eu não conseguia respirar. A vontade de beijá-lo era tão forte, mas me contive. Este era o seu momento. Ele parou na minha jugular pulsante, ainda sem se mover, sem me tocar, exceto pela ponta da língua contra minha pele. Aprofundando sua exploração, seus lábios acariciaram meu pescoço. A pressão aumentou e pude senti-lo ficar mais intenso. Eu esperei, querendo desesperadamente sentir seus lábios pressionando ainda mais forte no meu pescoço. Ele sentiu meu desejo e sorriu contra minha pele enquanto continuava me provocando implacavelmente. Ele trouxe seus lábios ao meu ouvido e sussurrou: — Você será minha... — E então desapareceu. Eu caí no chão em um estupor. Como uma donzela em um romance gótico do século XIX, eu desmaiei completamente.

Quando dei por mim, estava balançando na entrada da casa do Sr. Bennet, gritando. Eu podia me ver refletida em um espelho de corpo inteiro no corredor. Atrás de mim, a chuva desabava. Estava encharcada e branca como um fantasma. O Sr. Bennet apareceu diante de mim, chocado com o que via. Agora que havia me acalmado, não conseguia me mover ou falar. Estava visivelmente abalada.

— Meu Deus, o que aconteceu com você? — O Sr. Bennet rapidamente tirou o roupão, cobriu-me e arrastou meu corpo indiferente para sua sala e para perto do fogo enquanto tentava me tirar do choque.

— Candra, se você pode me ouvir, aperte minha mão.

Eu estava meio fora de mim. Ele parecia tão distante, mas eu fiz o que ele disse, mas apenas isso... Então, como se estivesse sem ar, eu arfei e engasguei. Eu me virei para olhar para o Sr. Bennet, e o pânico rapidamente caiu sobre mim. Fiquei histérica.

— Ai, meu Deus... minha segunda marca... Kane.

— Candra, você deve se acalmar, certo, querida? Como você se sente? — Ele rapidamente atiçou as chamas para deixar o fogo mais quente.

As quatro marcas percorreram minha mente, como um narrador contando uma história, percebi que o Sr. Bennet estava falando comigo e que de repente seu comportamento calmo se tornou agitado como se alguém tivesse ligado um interruptor de luz.

— Droga, ele está ficando impaciente, ele precisa ir mais devagar, mas com você tão perto é um problema.

Vendo a expressão preocupada em meu rosto, ele voltou a ficar mais calmo. Quase como se ele fosse bipolar ou algo assim, estranho.

— A boa notícia é que você está respondendo quase que anormalmente bem. Normalmente, minha experiência diz que o servo humano pareceria quase insano nesse estágio, ou errático em seu comportamento, mas você, Candra, parece quase serena mesmo em seu estado atual.

Ele se ajoelhou ao meu lado e alisou minha testa com a mão. — Eu sinto muito, Candra; Eu não sei. Eu realmente acho que Kane marcar você é sua maneira de protegê-la, e acho que é por isso que seus pais pediram a ajuda de Kane. Eu falhei com você miseravelmente. — Ele parecia realmente chateado. Parecia era a palavra-chave. Eu não baixaria minha guarda e se Kane estava me protegendo, gostaria de saber de quem senão dele. Devia me manter calma como sempre.

Eu me sentia exausta, meio cochilando enquanto o Sr. Bennet

falava; sua voz parecia estar muito distante. Fechei os olhos e vi o sorriso de Kane e uma memória, que não era minha, lentamente se revelou...

Utica, 1859

Kane engasgou e sentou-se abruptamente. Seu coração batia loucamente. Ele se sentia tão fora de controle que entrou em pânico.

— Ajude-me, eu... Eu... não consigo respirar. — Suas mãos agarraram sua garganta, ele estava branco como um fantasma.

— Acalme-se, inspire e expire lentamente e você descobrirá que será mais fácil se o fizer. Aí está, pronto, você está bem. Aqui, tome um pouco de chá quente para acalmar seus nervos. — Eldon entregou-lhe uma xícara.

— O que aconteceu? Eu... Eu me lembro. Eu estava na estrada, indo para casa, mas esta não é a minha casa, esta... quem é você? — Ele tomou um gole de chá e cuspiu. — Ah meu Deus, isso é horrível, tem gosto azedo.

— Ah, me perdoe; Eu deveria ter percebido que isso aconteceria. Já faz muito tempo e eu esqueci como é ser... recém-transformado.

O jovem ficou atordoado e confuso com as palavras do outro homem e perguntou: — Você me deu chá estragado de propósito? Você por acaso é um idiota? Eu... por quê?

— O chá não estragou; é que seus... gostos estão diferentes agora. Isso é o que eu insinuei, nada mais, nada menos. Vou tirar isso de você.

— Quem é você? Por que estou aqui? — Kane tentou se levantar, mas cambaleou.

— Não tente se levantar ainda; você passou por muita coisa. Meu nome é Eldon, Eldon Bennet, e você está aqui porque foi atacado.

— O que você quis dizer quando disse que "você se esqueceu de como é ser recém-transformado"? Eu não mudei, ainda sou eu mesmo, um pouco estropiado, mas ainda assim, eu mesmo, Kane Smith.

Eldon respirou fundo e escolheu as palavras com cuidado.

— Então seu nome é Kane Smith, um bom nome, mas tenho muito a dizer-lhe e peço que não interrompa. Você deve ouvir... atentamente e atender a todos os avisos que eu der a você. Você, senhor, foi atacado pelo Sr. Charles Winslow Rosewood... um vampiro. — Ele ergueu a mão rapidamente quando viu que Kane queria falar.

— Sim, eles existem e você, senhor, quase morreu, mas eu o salvei. Suas feridas não estão mais visíveis, mas não é seu exterior que mudou, mas sim o seu interior. Entenda, Kane, o chá não estava estragado. Agora você simplesmente o detesta, como fará com qualquer coisa que beber ou, por falar nisso... comer. A única coisa que terá um gosto bom para você é sangue. Agora, você tem uma escolha, você pode beber sangue animal como eu, o que não é tão ruim, mas a dieta preferida de nossa espécie é sangue humano. Tem mais vida, mais energia e mais emoção do que você pode imaginar. Você também se tornou mais forte do que qualquer humano e, devo dizer, mais rápido do que um. Você vai se curar rapidamente se for ferido, e sua audição e visão se tornaram mais aguçadas também.

Kane pensou que ele estava em um pesadelo. Sua cabeça girava. Pensamentos e imagens flutuavam para dentro e para fora tão rapidamente que ele sentia como se fosse ficar louco. Ele agarrou a cabeça e puxou o cabelo, gritando o mais alto que podia. Ele parecia um louco possuído naquele momento.

— Você é um mentiroso; você me trouxe aqui para me deixar louco. O... Aquele chá me envenenou ou alguma coisa horrível. Você está tentando me deixar louco. Você é mau, é o que você é, verdadeiramente mau. Vou contar às autoridades e mandar prendê-lo. — Kane riu loucamente, seu controle sobre a realidade escorregando.

O relógio no corredor soou e Kane colocou as mãos sobre as orelhas. Tudo estava tão alto; ele ouvia os sons noturnos como se eles estivessem presentes na sala com ele. O grito de um animal fez Kane pular.

— Estou ficando louco. Tudo está tão alto e eu ouço... tudo. Eu não aguento mais. Eu não consigo, vou ficar louco, estou te dizendo, louco. Você não pode fazer isso parar?

Doía a Eldon ver Kane em tal angústia e ele estava zangado, muito zangado, com Charles pelo que ele tinha feito.

— Sinto muito, Kane; Não posso mudar o que ele fez com você. Você permanecerá para sempre como é agora... Como ele e, tenho vergonha de dizer, como eu também.

— Você é um vampiro? Não. Você e ele fizeram isso comigo e você vai pagar caro por isso. — Kane se levantou ainda com as mãos sobre as orelhas e recuou para a porta. Se contorcendo loucamente, ele cravou as unhas na madeira, puxou-as para baixo e chorou. Virando-se, ele olhou para Eldon. Seus olhos estavam selvagens, sua respiração irregular, Eldon temia por ele. Kane segurou a porta, puxou com toda a força e saiu correndo para a noite, gritando. Ele desapareceu, e ele nunca mais o veria ou ouviria falar sobre ele novamente... Ou assim Eldon pensara.

SETE

Um dia inteiro se passou antes de eu acordar. O Sr. Bennet esteve ao meu lado o tempo todo, cuidando de mim enquanto eu dormia em frente ao fogo em sua aconchegante sala.

Meus olhos se abriram e não fiz nenhum movimento; Achei que se o fizesse, poderia acabar no chão. Minhas mãos fizeram seu caminho até meu pescoço, procurando qualquer tipo de ferimento, mas não senti nada.

— Ele não te mordeu, Candra, mas você foi marcada mais uma vez.

Eu não disse nada; na verdade, eu não podia, porque agora eu tinha certeza de que havia coisas que o Sr. Bennet estava escondendo de mim. Minha ligação com Kane me dera acesso às suas memórias, ao Sr. Bennet, e ao meu ancestral Charles Rosewood, que dominava essas visões.

— Tem certeza de que ele não me quer mal? Bem, eu tenho uma ideia, mas você pode me achar boba.

— Conte-me. Eu prometo a você que não vou zombar de nada que você tenha a dizer.

— Ele está me caçando por vingança, mas se isso for verdade, por que ainda não estou morta? — O pensamento da morte me fez estremecer. Pensei em meus pais e a morte deles pareceu mais real de alguma forma, mais plausível.

— Porque ele não quer te matar, ele está te marcando, lembra? Uma vez que ele viu você, naquela primeira noite, sua energia, sua beleza... Ele sentiu que tinha que possuí-la. Você não pode ignorá-lo ou lutar contra isso. Mesmo que você não queira, ele a levará à força, o que, de fato, é o que ele está fazendo agora.

— Então não há nada que eu possa fazer? Meus pais, se ainda estivessem por perto, entenderiam o que Kane está fazendo?

— Lutar com Kane só vai lhe dar prazer. É como um esporte, podemos dizer, ou uma caça. Quanto mais o animal, desculpe a expressão, luta, mais emocionante é o jogo. Após a quarta marca, vocês se tornam um, por assim dizer. Eu sei que nem Kane nem eu matamos seus pais e, sim, acho que eles entenderiam por que as marcas são necessárias. Entenda, se a morte cair sobre você, ele também morrerá. O único erro de cálculo que seus pais podem ter feito foi escolher Kane como seu protetor.

— E se alguém o matar?

— Se você tiver a quarta marca e ele for morto, o resultado não será bom para você, infelizmente. — Ele se sentou ao meu lado na espreguiçadeira onde eu estava deitada.

— Bem, eu pensei que ganharia todas as suas características, poderes, você sabe, nós seremos um, compartilharemos tudo da mesma forma, certo?

— Não, se ele morresse, o resultado para você seria a insanidade.

— Espera; deixa eu ver se entendi direito. Meus pais, segundo seu advogado, pagaram e providenciaram minha suposta viagem em família à Europa para me tirar do país. Durante esse tempo, alguém, não você ou Kane, os matou. Por quê?

— Não sei dizer. Eu mesmo sou um vampiro há muitos anos, mas nós, vampiros, evoluímos, mudamos. Existem alguns vampiros que, bem, não vou entrar em grandes detalhes, pois não são bonitos nem propiciam uma conversa agradável. Vamos apenas dizer que existem alguns que são bastante horríveis e francamente muito mortais. Eu tenho medo deles. De qualquer forma, isso não importa. Seus pais tinham um plano e Kane, acredito, está seguindo-o à risca.

Sentando-me, me senti diferente. Eu estava ouvindo coisas, coisas que estavam à distância, como se minha audição tivesse ficado mais aguçada. Quanto à minha energia, ela também aumentara. Era muito inquietante. Quase como se eletricidade estivesse correndo pelas minhas veias.

Para testar, me levantei, mas com a graça de um potro recém-nascido. Minhas pernas estavam um pouco instáveis. Meus braços ficaram estendidos ao longo do corpo, enquanto eu caminhava até a janela e olhava para fora. Ele estava lá, eu o senti, e a onda dentro de mim aumentou enquanto os pensamentos sobre ele inundavam minha mente. Minhas pálpebras pesaram e se fecharam, eu esqueci tudo e todos, menos ele. Mãos suaves como seda e frias ao toque, choques elétricos que me faziam corar e, ainda assim, eu os queria. Lentamente, deixei minhas mãos percorrerem onde ele havia me tocado, o que estimulou meus novos sentidos aguçados ao frenesi.

— Candra, você está se sentindo bem? — o Sr. Bennet perguntou. Ele me olhava sabendo muito bem o que estava acontecendo comigo.

Meus olhos se abriram; eu congelei. Meu rosto ficou vermelho quando percebi onde minhas mãos estavam. Eu rapidamente as deixei cair ao meu lado. — Está um pouco frio aqui; você pode me pegar um suéter, por favor? — Envergonhada, eu não conseguia olhar para ele.

Ele voltou para a sala um momento depois com um e entregou-me. Fiquei surpresa ao ver que era um dos meus. Ele deve ter visto isso e disse: — Passei na sua casa e peguei algumas coisas para você, fiz a coisa certa?

— Sim. Acho que vou tomar um banho para me esquentar, se não se importar, e depois conversaremos mais um pouco. Tenho algumas perguntas que ainda precisam de respostas. — Quando olhei para trás, o Sr. Bennet parecia tão calmo como sempre.

A longa caminhada escada acima foi solitária, mas fiquei feliz por isso. Pensamentos sobre Kane me faziam companhia e tive a sensação de que, independentemente do que a vida reservasse para mim, nunca mais me sentiria sozinha.

O banheiro era enorme. Ladrilhos de mármore branco brilhavam no chão. Uma pia, branca como osso, com suas torneiras de bronze e o espelho ornamentado na parede, davam ao lugar uma aparência vintage. A banheira era fantástica; era enorme, com pés em garras de bronze. Eu sorri e abri a torneira de água quente e lentamente tirei a roupa. Entrando na água quente, inclinei-me para trás e a deixei fluir sobre meu corpo, envolvendo-me lentamente. Não demorou muito para que eu o sentisse novamente. Fisicamente, ele não estava lá, mas sua energia, sua mente, se esgueirou sobre mim tão silenciosamente que não tive tempo de reagir.

Uma sensação de calor, como uma brisa de verão, correu por minhas veias; acendendo desejos que eu nunca sentira antes. Tentei lutar contra a sensação, mas ela viajou, como uma pena, pelas minhas pernas, depois parou. Tentei conter a empolgação, mas acabei cedendo ao prazer.

— Olhe para mim, Candra.

Eu abri meus olhos e o encontrei parado ao lado da banheira, apenas olhando para mim, com olhos que me absorviam. Fiquei imóvel enquanto ele se abaixava.

— Você tem um perfume de dar água na boca, meu amor — ele falou baixo e suave, absorvendo tanto de mim quanto podia em uma única respiração.

O desejo de tocá-lo me tentava. Parte de mim ficou com medo, mas ao mesmo tempo, não tanto quanto ele agitava brasas em mim. Fiquei muito apaixonada. Agora, neste momento, olhando profundamente em seus olhos, eu faria qualquer coisa para ele extinguir aquelas chamas dentro de mim com seu toque frio. Eu levantei minha mão da água em direção ao seu peito. Ele pareceu terrivelmente envergonhado e rosnou baixinho. Isso me parou por um momento, mas então continuei com cautela. Kane era incrivelmente sólido e frio ao toque. Meus dedos viajaram levemente em sua pele, deixando tremores onde tocavam. Baixos e sedutores, seus grunhidos quase soavam prazerosos. Continuei a explorar seu corpo até que ele agarrou meu pulso em um instante. Isso me pegou desprevenida e me perguntei se tinha ido longe demais.

Ele olhou para mim enquanto levava meu pulso à boca e começava a lambê-lo concentricamente, saboreando lentamente. Cada volta aumentava seu prazer através de nossa conexão, e o meu também, tanto que um sorriso rastejou em seu rosto enquanto ele continuava, faminto. Sua língua era fria, macia e, ao mesmo tempo, tão convidativa que implorei por mais. Ofereci meu outro pulso a ele; Eu estava me declarando única e inequivocamente para ele. Arrebatada por seu poder sobre mim, fechei meus olhos e senti cada emoção, cada desejo que se acumulava dentro de nós, pronto para explodir.

Kane percebeu minha vontade. Seus lábios permaneceram fracamente contra minha pele, deixando arrepios por onde tocavam. Ele se moveu lentamente, saboreando cada novo toque enquanto seguia seu caminho até meu pescoço. Eu não aguentava mais; gemidos escaparam enquanto ele continuava a me torturar, me seduzindo. Ele sabia que seu plano estava bem encaminhado. Isto era o que lhe era devido, a sua doce retribuição e uma dívida totalmente paga.

Instintivamente, nos tornamos um enquanto nossa paixão nos consumia. Então, sem hesitar, ele colocou sua boca sobre minha veia e mordeu com força... Eu ofeguei. Meus músculos ficaram tensos de repente quando a dor aguda me atingiu. Ao longe, ouvi batidas, a maçaneta girou e a porta se abriu. Kane ergueu a cabeça e sibilou ao se dar conta da intrusão do Sr. Bennet. O sangue gotejou de suas presas enquanto ele evoluía para algo que eu nunca sonhara em ver.

— Ai, meu Deus...! — Sr. Bennet exclamou. Então, como se um vento forte tivesse vindo, ele foi jogado para trás e para fora, e a porta se fechou, trancando-nos lá dentro.

— Eldon, ao resgate novamente, é? Eu só vim buscar o que é meu por direito: Candra. — Então ele olhou para mim: — Seus pais entregaram você aos meus cuidados quando perceberam que não poderiam protegê-la. Eles sabiam que Eldon era fraco e inconstante demais para mantê-la segura — disse Kane.

Então seus olhos ficaram vermelho-escuros. Seu corpo estremeceu quando suas mãos, apertadas de raiva, agarraram meu pescoço. Este não era o mesmo Kane que eu viera a detestar, mas ao mesmo tempo precisar; este Kane me assustava. Ele era um vampiro em sua forma mais verdadeira. Senti como se minha respiração tivesse sido cortada e minha mente se agitou de ansiedade. Conforme a tensão entre nós aumentava com uma intensidade assustadora, eu não tinha certeza se ele se lembraria de que estava aqui para me proteger e não me matar, mas então seu olhar suavizou e ele começou a lamber as feridas no meu pescoço. Era... intoxicante.

Ele parou por um segundo e sorriu. Não era um olhar que venceria um concurso de modelos, mas eu não ia dizer isso a ele. Eu apenas encarei aqueles olhos azuis.

— Quem diria que eu estaria de volta a esta casa? — Então ele continuou, me torturando enquanto avançava, mordiscando minha pele, apenas o suficiente para me deixar louca de desejo.

— Por que meus pais o convidaram para entrar? Por que me entregaram aos seus cuidados? E quem os matou, Kane?

— Seus pais me convidaram porque sabiam que eu não queria fazer mal a eles ou a você. De Eldon, eu já não gosto muito. Quanto a quem os matou, bem, isso seria pura especulação da minha parte, já que estava seguindo você pela Europa quando eles morreram. Portanto, vou manter minhas ideias para mim mesmo, por enquanto. — Kane se inclinou para frente olhando para meu pescoço. Ele era mais ele mesmo agora, não o vampiro que eu havia encontrado alguns minutos atrás.

— Por quê? Quando saí, há dois meses, meus pais se despediram de mim como se não tivessem nenhuma preocupação no mundo. Eu perdi meu celular e, quando as autoridades me contataram, meus pais já haviam sido enterrados. A polícia encerrou o caso e o advogado da família providenciou para que tudo passasse sem problemas para as minhas mãos.

— Candra, não posso responder a todas as suas perguntas, pois não sei as respostas. Seus pais me enviaram para cuidar de você e garantir que você não voltasse. Aqui... — Em sua mão estava meu telefone. — Eu peguei e garanti que você não recebesse notícias de casa até que o perigo passasse.

— Você estava com meu telefone esse tempo todo? Você... Você... Se eu estivesse com ele, poderia ter voltado a tempo. Eu poderia ter...

— Eu estava magoada demais para falar, ou me importar com qualquer outra coisa.

Vendo minha dor, Kane se ajoelhou, — Eu sinto muito, de verdade. Eu estava apenas fazendo o que fui pago para fazer. Eu não tinha ideia de que eles seriam mortos, absolutamente nenhuma. Minha escolha não é matá-la, mas salvá-la; a única pessoa digna de morte é Charles, e com o tempo vou me vingar dele, mas, Candra, não sou um demônio como Charles, que me fez o que sou, nem sou fraco como Eldon. Não sou aquele jovem inocente que Eldon encontrou caído na estrada. Eu me tornei mais poderoso do que eles imaginam, então deixe-me continuar com o plano de seu pai, Candra.

O olhar em seu belo rosto era quase feroz. Mesmo assim, não fez a dor ir embora, e eu queria dar um soco na cara dele. Você não sabe o quanto eu queria fazer isso, mas algo em mim, meu instinto, me disse para deixá-lo em paz, que tudo daria certo no final. Eu ainda não queria acreditar.

— Onde está o Sr. Bennet?

— Eu não me preocuparia com ele. Ele vai voltar, isso eu garanto, mas vou cuidar para que ele não incomode você.

— A água esfriou; vamos tirar você daqui, que tal? — Kane me pegou e me secou com cuidado, quase como se eu fosse uma criança, e me carregou para o quarto de hóspedes. Eu vi no espelho que estava tão branca quanto um lençol; ele me deitou e me cobriu com uma colcha grossa e reconfortante. Minha respiração estava superficial e difícil, mas eu estava mais calma agora. Notei o Sr. Bennet pairando na porta com uma expressão de preocupação em seu rosto.

— Ela deve ser mantida aquecida — disse Kane, enquanto

acendia o fogo e se dirigia para o Sr. Bennet. Quando ele o alcançou, Kane fez um corte no próprio pulso e deixou seu sangue pingar no chão na frente da minha porta. — Nenhum vampiro pode entrar sem convite em qualquer lugar que esteja marcado com o sangue de outro vampiro — ele me explicou, enquanto trancava a porta. Com minha nova audição sensível, ouvi Kane dizer que sabia o que precisava ser feito. Então caí em um sono profundo.

OITO

Eu estava sonhando de novo e, no meu sonho, eu podia ver e sentir Kane. Ele não tinha ideia de por onde começar a procurar por Charles, mas sabia que minha casa seria um lugar tão bom para começar quanto qualquer outro. Ele tentou sentir a presença de Charles, mas não havia nada. Quando ele entrou na minha casa, ele ficou perfeitamente imóvel... Charles estava lá, desta vez ele podia sentir. Até eu podia sentir, até mesmo através da névoa do meu sonho. A energia que Kane e eu compartilhávamos era incrivelmente forte.

— Charles, eu sei que você está aqui, apareça. — Eu sabia que estava falando dormindo. De vez em quando eu ouvia uma risada estranha ecoar à distância.

— Vejo que você ainda gosta de jogos. Como você é revoltante e infantil. Tudo bem, então vou jogar e encontrar você. — Foi estranho ver minha casa pelos olhos de Kane enquanto ele caminhava lentamente em direção à fonte das risadas. Cada vez mais alto, o som se tornava mais pronunciado e horrível.

Através de seus olhos, vi a porta do porão. Observei enquanto sua mão girava a maçaneta e puxava. Estava trancada, mas não podia ser, não tem fechadura na porta. Quanto mais Kane tentava abrir a porta, mais difícil ficava; Eu podia sentir sua raiva, sua frustração. Ouvi Charles rir de novo e senti Kane quando ele começou a sacudir a porta furiosamente.

— Droga, você não pode me fazer de bobo, Charles! — Kane gritou. Gritamos em uníssono quando a pele de Kane começou a se contorcer e ondular. Um silvo escapou de nossas bocas enquanto suas costas se curvavam, então o inferno começou. A porta quebrou em pedaços minúsculos. Kane desceu voando os degraus e entrou no porão escuro. Avaliando a sala, ele ficou perfeitamente imóvel, dois olhos brilhantes no canto oposto irradiavam uma tonalidade vermelho-sangue que machucou meus olhos, e eu os esfreguei em meu sono.

— Vejo que você finalmente me encontrou... Kane. Não acho que você esteja aqui em uma visita amigável, então seja rápido, eu tenho um encontro, que é muito tentador e ela não deve ficar esperando.

— Por quê?

— Por que o que? Você está sendo muito enigmático. Não tenho tempo para brincar com você.

— Você fez um juramento aos Rosewood de que não caçaria humanos nesta área, mas aqui está você. Agora você está se escondendo na casa de sua neta, aterrorizando-a depois de assassinar seus pais. Você realmente quer que isso aconteça com... sua própria família?

— Você a está usando, Kane, ah, mas você percebe que nossa linhagem, dos Rosewood, é antiga? Se você der a ela a quarta marca, ela será mais forte do que você. Conhecendo a herança dos Rosewood como eu conheço, ela irá matá-lo depois de conseguir o que quer de você e carregará o nome da família.

— Você entende o quão doentio você é? Como você pode ter tanta certeza de que ela irá me matar? Ela não é igual ao resto de vocês Rosewoods, ela é diferente — Kane disse depois que ele se lembrou de como eu reagi a cada uma de suas marcas. Os sentimentos ligados às minhas marcas eram tão eroticamente carregados em minha mente que meu corpo se encheu de desejo e acordei com um suspiro de gloriosa satisfação. Bem acordada agora, eu ainda podia ver e ouvir Kane e Charles se encontrando no porão da minha casa.

— Eu vi muito antes de Candra voltar o que seu futuro reservava. Tentei argumentar com os pais dela, mas eles não tinham visão, queriam mantê-la humana. Por que você acha que eles escolheram você para proteger Candra? Eu plantei a sugestão neles. Você está seguindo meu próprio plano para Candra. Ela é diferente, eu sabia disso, mas você também não é um vampiro comum, Kane, então sua união com Candra só tornará nossa linhagem mais forte. Os Rosewood são parte de uma longa linhagem de vampiros Regentes e você é o camponês a partir do qual a próxima geração será cultivada — Charles disse.

Senti a casa começar a tremer e desejei que Kane simplesmente saísse de lá. Sons de madeira e vidro quebrando me cercaram em meu quarto seguro e quente na casa do Sr. Bennet. — Seu vampiro de merda, você me fez o que eu sou, só para que eu pudesse fazer seu trabalho sujo e sangrento para você. Por quê? Candra nem havia nascido quando você me atacou e Eldon me salvou. Eldon conhece esse seu plano? Eu duvido; você nunca iria contar para ele, porque se ele soubesse, ele nunca iria até o fim com isso. — Eu senti a dor de Kane como se fosse minha.

— Acredite no que quiser, lembre-se apenas de que seus dias estão contados, disso eu sei, e não virá de mim, alguém que é muito mais forte do que eu acabará com você, Kane.

A raiva em ambos os vampiros cresceu tanto que a casa explodiu. Escombros foi tudo o que restou, junto com lascas de madeira que agora cobriam o chão. No meio da carnificina estava Kane, e através de seus olhos, eu vi minha casa... completamente destruída, e, com ela, Charles.

— Droga... Ele se foi de novo. — Eu podia sentir Kane saindo dos destroços e tirando a sujeira de suas roupas. Ele olhou para o oeste, a direção da casa de Eldon, e pude sentir sua preocupação comigo. A última coisa que me lembro de ter visto foi uma nuvem de fumaça vindo da direção de minha casa e depois nada, eu desmaiei.

Kane me encontrou, mas eu estava quase inconsciente e não conseguia responder. Era como se o esforço da nossa conexão tivesse cortado todos os meus sentidos. Fiquei deitada no chão sem conseguir ouvir, ver ou sentir nada. Ele me pegou e me carregou para a cadeira mais próxima e se sentou comigo em seu colo. Ele me embalou em seus braços como uma criança, balançando-me suavemente enquanto eu voltava lentamente.

Eu tinha acabado de acordar e podia sentir sua fome como se fosse minha. Olhei em seus olhos azuis claros e senti tudo o que ele sentia por mim.

— Candra, você está bem? Como você se sente? — Kane perguntou. O Sr. Bennet apareceu na porta com uma bandeja de chá nas mãos.

— Posso entrar? — Kane acenou com a cabeça e o Sr. Bennet entrou no meu quarto, passando cautelosamente sobre o selo de sangue na porta do quarto. — Eu preparei um bom bule de chá para você e algo um pouco mais encorpado para Kane.

— Acho que estou bem... Mas estou com fome. Ei, como eu vim parar aqui? — Eu disse olhando para Kane. A última coisa de que me lembrava foi de ter sonhado que desabei no chão. Aceitei o chá do Sr. Bennet e tomei pequenos goles. Kane bebeu sua bebida com o canudo de um copo de plástico fechado. Eu sabia o que ele estava bebendo, mas estava grata ao Sr. Bennet por sua discrição. Enquanto Kane bebia, senti minha fome diminuir.

— Você levitou, flutuou por um minuto e depois caiu como um tijolo no meu colo — disse Kane. Devo ter olhado para ele por um minuto inteiro antes de perceber que ele estava brincando. Sempre o piadista, era extremamente irritante, e ainda assim, havia aquela coisa de conexão acontecendo entre nós da qual eu não conseguia escapar. Nem queria.

— Tem certeza de que está se sentindo bem? — Perguntou o Sr. Bennet.

— Sinto-me como... Eu não me sinto como eu mesma. É difícil de explicar, mas me sinto tão... tão conectada com... Eu acho que você diria que meus sentidos estão confusos agora. Eu poderia jurar que estava no porão com Kane e Charles, mas sei com certeza que nunca deixei este quarto. Provavelmente não estou fazendo muito sentido, mas essa é a única maneira de descrever. — Percebendo agora onde eu estava, comecei a me levantar, mas ele me apertou com mais força. Permaneci calma, mas Kane sabia muito bem que eu não estava achando graça.

— Candra, você se lembra, bem, você deve se lembrar, do que aconteceu quando Kane e Charles terminaram de conversar? — Eu podia dizer que o Sr. Bennet tinha a sensação de que eu não sabia, mas ele tinha que perguntar.

Relembrando e visualizando o que acontecera, não conseguia me lembrar de nada significativo além do óbvio. — Sim, eu me lembro... — Tentando disfarçar meu aborrecimento na frente do Sr. Bennet, continuei enquanto olhava para Kane. — Estou sendo perseguida por um vampiro louco e agora minha casa foi destruída. Não me diga que outra coisa aconteceu que eu não saiba. — Um estranho aviso primitivo soou em meu cérebro.

Uma incerteza invadiu sua expressão. — Não, quero dizer, sim, você perdeu sua casa, Candra. Como se sente sobre isso?

Ele tinha que estar de brincadeira, certo? — Ah, isso... Nós... Coisas aconteceram, eu apaguei... Como você acha que estou me sentindo? Acho que estou em estado de choque permanente desde que voltei da Europa, porque merdas como essa continuam acontecendo e você tem a cara de pau de me perguntar como me sinto sobre isso? Estou magoada, Sr. Bennet, muito magoada. A única coisa que sobrara de meus pais estava naquela casa e agora ela também se foi. Minha vida só fica cada vez melhor. Me solta! — Eu me senti completamente irritada com os dois e fiz Kane me soltar.

O Sr. Bennet olhou de Kane para mim como se não tivesse certeza de como explicaria a próxima coisa sem me exaltar ainda mais. — Candra, como você disse, coisas aconteceram, mas há outra coisa que você precisa saber depois que Kane mordeu você. Você não se lembra disso, lembra? Esta é a sua terceira marca. Como se sente agora? Você pode sentir quando Kane está perto? Você pode perceber o que Kane está pensando?

Procurei com os dedos as marcas da mordida de Kane e as encontrei. Tremendo, fiquei com medo. Afastei-me do Sr. Bennet, virando-me desajeitadamente para encarar Kane. — Eu vi tudo pelos seus olhos, senti tudo o que você fez e pude ouvir cada som.

— Eu não ganhei nada depois de dar a você minha marca. Tem um vago zumbido no fundo da minha mente que parece estar focado apenas em você, mas além disso... não, nada. Qual é o problema, Eldon? — Kane perguntou.

— Ainda não sei, mas acho que Candra estabeleceu um vínculo mais forte com você, o que é incomum. Eu acho que devido a sua linhagem, ela não está experimentando a ligação de uma perspectiva humana, mas mais como um vampiro faria, e sua ligação com ela é mais humana do que vampira.

— Vou ser como ele, como Charles, não vou? Vou correr por aí como um animal enlouquecido, encontrando pessoas inocentes e matando-as uma por uma; Eu nunca vou ser... eu mesma de novo.

— Candra, não tem que ser assim, olhe para mim — disse Kane. — Eu sou um vampiro, mas eu saio por aí matando pessoas inocentes? Não, e nem você, você não é uma vampira, meu amor. Se tudo o que importasse para todo vampiro fosse sangue, você estaria morta há muito tempo. Lembre-se de que você está sentada em um quarto com dois vampiros famintos.

Um medo súbito percorreu minha espinha enquanto ele falava, mas tudo o que senti nele, e soube que era verdade pelo Sr. Bennet, foi a preocupação sincera de que eu precisava ser salva de meu avô, Charles.

— Não é tão fácil, não sou tão forte quanto vocês dois. Você é um vampiro há muitos anos, então se acostumou com isso. Eu não quero esta vida!

Eu olhei para minha xícara de chá, com seu vapor subindo como um fantasma. Eu tinha mentido, não me sentia melhor, na verdade me sentia vazia, e nenhuma quantidade de chá ou comida resolveria.

— Você está nas nuvens de novo, o que está pensando? — Kane perguntou, e isso me trouxe de volta à realidade.

— O que você quer que eu pense? Que tudo vai ser lindo e maravilhoso? Você acha que Charles e eu vamos nos dar bem e viver felizes para sempre? É assim que eu deveria estar agindo? Bem, eu tenho novidades para você, isso tudo é uma merda e estou cansada. Estou cansada de tudo e, agora, cansada de vocês dois também. — Coloquei minha xícara de chá na mesa de cabeceira e voltei para a cama.

— Espere um minuto, Candra, antes de expulsar a mim e Eldon de sua festa privada de auto-piedade, lembre-se que eu também não escolhi esta vida, eu fui forçada a ela por sua família. — Eu sabia de tudo isso e sabia que estava sendo uma pirralha chorona, mas não conseguia me *desculpar*. Eu estava me sentindo totalmente exausta. Minha paciência se fora.

— Kane, não estou mais a fim de lidar com isso. Eu só quero dormir. Deixa isso para lá por enquanto.

— Acho que você deveria ouvir o que tenho a dizer. — Apreensivo e sem ter certeza de como me contar, Kane começou a falar. O Sr. Bennet finalmente se sentou na beira da cama e, ao fundo, eu podia ouvir as sirenes dos serviços de emergência enquanto eles corriam para os restos em chamas da minha casa.

— Candra, sinto muito. Eu gostaria de não ter que dar a você mais notícias infelizes, especialmente com tudo que você passou, mas... é minha culpa que você não tem mais casa. — Minhas sobrancelhas franziram, eu não tinha certeza se o ouvira corretamente. — O que você quer dizer com é sua culpa de eu não ter mais casa? Foi Charles, não você.

— Não, seu bisavô, que por sinal é o vampiro mais insuportavelmente arrogante que eu já conheci, não fez isso, eu fiz. Para encurtar a história, eu tenho um pavio muito curto e, uma vez aceso, pode se tornar desastroso... Droga... É como quando você deixa o gás ligado: ele enche a sala, e qualquer pequena faísca o acende.

— Então, você está dizendo que minha casa estava cheia de gás e você o acendeu? — Comecei a me sentir confusa, minha cabeça latejava de pura exaustão e eu não tinha mais força, ou vontade, para continuar ouvindo sua explicação.

— Não, o que estou tentando dizer é... — Tentei interrompê-lo, mas Kane apenas continuou.

— Eu fiquei bravo, Candra, realmente bravo. Minha raiva encheu a sala, e seu bisavô adicionou mais lenha ao fogo, o que fez minha raiva acender e explodir!

— Sim, bem, curto e direto ao ponto, né? Obrigada pela explicação, mas isso não vai trazer minha casa de volta agora, vai? Por que se preocupar em falar mais sobre quem fez ou não fez o que? Coloque isso na sua cabeça, Kane: já era, está acabada, destroçada. Eu não tenho casa, não me importa de quem foi a culpa, e agora, por favor... me deixe em paz. — E com isso, eu prontamente rolei pro lado e fechei meus olhos.

— Lamento que você não tenha mais casa.

Fiz um gesto com a mão para ele parar de falar. Meu corpo estava desligando. Eu não suportaria ouvir outra coisa ruim em minha vida, eu já tinha sido submetida a mais do que qualquer humano poderia suportar.

— Vou deixar você dormir então. Se precisar de algo mais, por favor me avise. — Eu ouvi a porta fechar quando o Sr. Bennet me deixou sozinha, mas não completamente, Kane ainda estava no quarto.

Estava consideravelmente escuro, não era totalmente desagradável, mas não era *meu* quarto. Meu quarto, o que agora não existia mais, brilhava com cores alegres e minhas cortinas ficavam abertas, mas não agora, agora a luz do sol machucava meus olhos. Fiquei magoada por saber que nunca mais acordaria naquele quarto.

— Só quero ficar sozinha um pouco, Kane.

Caminhando até a cama, ele olhou para mim por um momento e então se foi. Ele tinha desaparecido sem nem mesmo dizer adeus e eu não tinha certeza se me importava com isso.

Só então, uma voz sussurrou em minha cabeça. A voz era como

um licor dourado e suave. — Durma um pouco, Candra... Fique parada e espere por mim...

Então eu caí no sono.

Acordei com Kane invadindo minha cabeça novamente, mas desta vez não me importei. Sua voz nadava em minhas veias, me aquecendo completamente e me despertando revigorada do meu sono. Perdi a noção do dia e da noite, mas não me importei. Saltando da cama, corri para a porta e escutei... Nada. Foi então que implorei que falasse novamente.

— Kane, é você? — Sussurrei para que o Sr. Bennet não me ouvisse. Mais tarde, pensei em tentar com a minha mente. Com os olhos fechados, eu o imaginei aqui na minha frente. Visualmente, ele me deixava tonta; suas feições aquilinas pareciam esculpidas em pedra. Ele era lindo de se olhar: como o modelo de capa de uma revista sobre fantasias sexuais femininas. Seu visual venderia milhares de revistas, ele exalava sexualidade masculina. Acho que foi o sorriso dele, no entanto, que me fisgou.

— Kane, preciso de você — repeti as palavras em minha mente, esperando que ele me ouvisse ou, melhor ainda, viesse até mim, mas depois de dez minutos desisti, meu humor agora completamente sombrio. Eu tinha certeza de que ele estava me ignorando de propósito.

— O que eu estou fazendo? Eu achei mesmo que ele viria só porque eu chamei? — Decepcionada comigo mesma, fui até a cama e me arrastei de volta entre os lençóis. Enrolada como uma bola, adormeci e sonhei de novo...

A noite veio e tive uma estranha sensação de mau agouro. O vento soprava loucamente, fazendo meu cabelo chicotear. No meu sonho, ele estava comprido, na frente do meu rosto. Sonhei que estava perto de uma ruína. Tábuas de madeira ficavam em posição de sentido, como os restos mortais de soldados que outrora guardavam suas paredes. Estava sozinha, ou assim pensei, mas uma figura se levantou do chão e parou diante de mim.

— Você é mais bonita do que eu jamais imaginei que seria, e

perfeitamente digna da posição que vou lhe dar assim que se entregar completamente. O nome Rosewood deve continuar e se tornar o coven mais poderoso de nosso mundo. — Não entendi o que ele quis dizer com posição, não o questionei. De alguma forma, eu senti que estava ali por um motivo e que tudo ficaria bem, eu estaria segura aqui com ele. Ele ergueu a mão e de longe outra figura se aproximou, desta vez eu o conhecia... Kane. Ele parou ao meu lado.

Quando tudo finalmente silenciou, Kane pegou minha mão e o outro homem falou. Sua voz soava lírica e hipnótica ao mesmo tempo. Mesmo que eu não tivesse ideia do que ele havia dito, no meu coração, eu senti cada palavra, ou pelo menos seu significado. Quando ele terminou, Kane se virou para mim, sorriu e colocou o pulso na boca. Ele o mordeu e estendeu para eu beber. O sangue escorreu de suas veias e minhas mãos de bom grado o pegaram e levaram aos meus lábios. O cheiro... era doce para mim, tão doce que minha boca encheu de água. Feliz, comecei a beber enquanto Kane falava: — Sangue que é meu sangue, carne que é minha carne, duas mentes, com um corpo, duas almas que agora e para sempre estarão juntas como uma.

Uma sensação de queimação rapidamente inundou minhas veias e se espalhou por todo o meu corpo. Meus olhos se arregalaram enquanto o medo me engolfava. Eu não conseguia respirar. Tentei, mas cada vez que tentava inalar, a queimação intensificava. Minhas mãos agarraram meu peito enquanto eu recuava. Em vez de Kane, Charles estava lá agora. Seus olhos pareciam rir de mim enquanto ele observava o terror crescer em meu rosto. Tudo ao meu redor turvou e minhas pernas cederam. O solo sólido sob meus pés se ergueu para me saudar enquanto a escuridão me consumia por completo. Cega agora para aqueles ao meu redor, eu me contorcia como um verme que saía da terra. A dor excruciante continuou seu caminho, fazendo meus músculos se contraírem até que não pude mais suportar e gritei, mas nenhuma ajuda veio, nem mesmo Kane. Charles parecia gostar de tudo o que acontecia, ele sabia quando a dor me atingia, sua intensidade e, ainda assim, ele não fez nada. De repente, as convulsões e a dor diminuíram até que pararam por completo. Eu estava deitada sem vida no chão. Kane então se ajoelhou ao meu lado e me embalou em seus braços. Tive a estranha sensação de que de alguma forma ele acabara de me salvar novamente.

— Kane, eu confio que você não deixará nada acontecer à minha filha, pois se o fizer, vai pagar caro. — Era a voz do meu pai e mesmo durante o sono, eu sabia que as lágrimas escorriam pelo meu rosto.

Eu me sentei de um pulo, completamente encharcada de suor, ciente de que era eu quem gritava. Tremendo lá no escuro, lambi meus lábios verificando se havia algum resquício de sangue. Eu não podia sentir o gosto de nenhum. Um barulho veio da janela. Debilmente, arrastei minhas pernas pela beirada da cama e fui até a janela. Lá, ao longe, a fumaça subia de seu centro. Sua alma, flutuando para o céu, para nunca mais voltar. Minha casa deu seu último suspiro. Eu sabia que os serviços de emergência não seriam capazes de salvá-la. Agora estava à deriva em um mundo que eu não entendia.

NOVE

A PERDA dos meus pais é algo que nunca vou superar e perder a única coisa que me restava da minha vida, minha casa, tornou-a insuportável. Tudo do meu passado se fora. Meu castelo, como eu o chamava, permanecera valente na encosta por anos, mas havia baixado suas defesas, deixando o inimigo entrar. A casa e eu tínhamos sido reduzidas a meros escombros.

Os dias passaram devagar depois daquele último encontro com Kane. Muitas horas, dias agora haviam passado e a cada minuto de nossa separação, meu espírito afundava cada vez mais. Cada dia me deixava em uma depressão mais profunda. O Sr. Bennet sabia o motivo... Eu precisava de Kane. Ele havia ido embora na noite em que minha casa se transformara em escombros. Kane a destruíra e me dissera para esperar aqui por ele. À noite, o Sr. Bennet, acordado por meus gritos, nada podia fazer por mim. Eles perfuravam o coração de sua casa, fazendo com que tudo e todos dentro dele se encolhessem. Depois dos gritos, vinham as crises de choro. Noite após noite, sem fim. Eu não me importava mais com minha aparência. Me tornara abatida e apática. Nunca saia do meu quarto e ficava sentada dia e noite à minha janela. Esperando, balançando para frente e para trás, perdida na névoa de meus próprios pensamentos.

Estava nevando muito agora e, como sempre, sentei-me à janela em *nossa cadeira*, como eu passei a pensar nela, com meu cobertor estendido sobre os ombros. Mais cedo, o Sr. Bennet trouxera outra bandeja de comida para mim, que novamente eu não toquei.

— Candra, isso não é saudável. Você tem olhado para você mesma ultimamente? Você desistiu, mas acho que se comesse alguma coisa, se sentiria um pouco melhor. Francamente, acho que você deveria sair deste quarto esquecido por Deus e descer as escadas. Eu tenho saudades de te ver.

Eu nem mesmo me virei para olhar para o Sr. Bennet enquanto ele falava. — Bom, se for te fazer feliz. — Levantei-me e saí do quarto em direção ao corredor. Enquanto eu passava pelo banheiro, estanquei e lentamente virei meu foco para a porta aberta. Com os músculos rígidos, comecei a tremer.

O Sr. Bennet parou quando se viu caminhando sozinho. Ele se virou para ver onde eu tinha ido e me encontrou, caída no chão na frente do banheiro.

— Candra, você está bem? Qual é o problema? — Ele voltou correndo.

— Eu... eu não posso... Não posso mais fazer isso. Ele não está aqui e ainda assim eu o sinto. É como se ele vivesse dentro de mim, torcendo minhas entranhas com tanta dor que tenho vontade de jogá-las fora. A presença dele é tão densa nesta casa, neste cômodo... — As lágrimas brotaram e escorreram pelo meu rosto. — Cada parte de mim está gritando por alívio! — Eu agarrei o Sr. Bennet com tanta força que ele pareceu aterrorizado.

Devo ter parecido uma lunática quando olhei fixamente em seu rosto. — Me ajude! Faça algo coisa. Eu preciso me sentir normal novamente. — Eu o soltei e comecei a arrancar minhas roupas. O Sr. Bennet tentou me impedir, mas eu o arranhei. Eu estava louca, literalmente. Grunhidos desagradáveis encheram o corredor, enquanto eu arrancava os últimos restos de roupa. Agora estava deitada completamente nua. Ainda descontente comigo mesma, comecei a arranhar minha pele. Senti como se algo maléfico estivesse rastejando dentro de mim e a única maneira de deixá-lo sair era removendo tudo o que estava no caminho.

— Sai! Me deixem em paz, seus vermes sanguinários. Ai, meu Deus, eles estão me atacando, eu não consigo me livrar deles.

— Pare com isso, Candra, você está se machucando, pare. — Pude ver que o Sr. Bennet estava desesperado e não sabia o que fazer. Ele pegou meus braços e me pôs de pé e me segurou com todas as suas forças. Imediatamente, parei. Meu cabelo em desordem, meus olhos vidrados em confusão, eu fiquei imóvel. Olhei em volta e vi os pedaços rasgados de minha roupa e os arranhões profundos em meu corpo. Ele me pegou e me trouxe de volta para o meu quarto, o mesmo quarto de onde ele me persuadira a sair, e me colocou na cama. Peguei as cobertas e me enterrei embaixo delas. Conforto.

O quarto agora parecia quente e aconchegante. Os sons de madeira crepitando na lareira me lembraram de casa. Embora o quarto não fosse meu, tentei o meu melhor para sair do torpor, mas achei difícil. O Sr. Bennet parecia exausto e seus olhos pareciam conter um remorso profundo, ou será que eu apenas imaginei? Eu não tinha certeza, porque então vi algo diferente neles.

— Candra? — Eu sabia que ele tentaria me fazer falar, me tirar desse estupor, mas eu apenas deitei embaixo das cobertas e olhei para ele. Eu não me importava se estava viva ou morta; tudo que eu sabia é que precisava ficar com Kane. Nada ficaria bem a menos que ele estivesse comigo.

Eu me mexi um pouco, balançando minha cabeça de um lado para o outro, lentamente.

— Candra, sou eu, Sr. Bennet, Candra?

Virei minha cabeça lentamente em sua direção, mas a dor ainda me consumia.

— Candra, quer um chá quente? Eu fiz um pouco, fresquinho — ele disse, tentando o seu melhor para soar alegre. Eu sabia que ele queria que eu saísse do meu estado mórbido. Ele saiu do quarto apenas para voltar momentos depois com meu chá recém-feito.

Eu balancei minha cabeça, mas o Sr. Bennet levou a xícara aos meus lábios e me ajudou a beber. Quente e reconfortante, o chá parecia estar funcionando. Peguei a xícara em minhas próprias mãos e bebi mais. O chá parecia muito semelhante ao que meus pais bebiam; tinha um sabor aromático e um amargor que agora achei delicioso.

— Acho que você vai ficar bem, Candra. Termine seu chá, querida; vai te fazer bem.

Eu olhei diretamente em seus olhos, o que ele achou mais alarmante porque não era como se eu apenas olhasse para ele, eu olhei através dele, dentro de sua mente. Eu senti o efeito que tive sobre ele, como um veneno. Eu controlei sua mente. Ele lutou para me bloquear.

— Você não deve se esforçar, Candra; você está fraca demais para exercer seus novos poderes. Você não tem direito ainda. O descanso é o que é necessário. — Pareceu-me estranho, parecia que eu tinha poder sobre um vampiro. Talvez o Sr. Bennet estivesse fraco por beber apenas de animais.

— Vamos, descanse. Vou apenas me sentar perto do fogo e ler um pouco... Tudo bem?

Ele pegou a xícara e colocou-a sobre a mesa lateral. Meus olhos nunca o deixaram; era como se ele fosse a chave para me manter sã. Ele começou a se levantar quando agarrei sua mão.

— Não me deixe, não... — Meu lábio tremeu enquanto eu falava e as lágrimas voltaram a derramar.

— Minha querida, eu te deixaria? Você não precisa se preocupar; Estarei aqui o tempo que você quiser. — Ele sorriu.

— Eu não sei o que aconteceu comigo, eu estou tão... Eu me sinto tão fora de controle. Minha cabeça está trabalhando mais rápido do que o resto de mim e tudo que quero fazer é parar.

— Eu entendo, mas você também deve fazê-lo. Não posso fazer

nada para salvá-la, a menos que você tente se salvar, Candra. Agora que você bebeu um pouco do seu chá, isso vai acalmar seus nervos.

— O que tinha nele?

— É para a sua ansiedade; vai desacelerar seu cérebro, digamos, para que você possa lidar melhor com tudo isso. Pode confiar em mim, eu era médico há muito tempo, antes de... bem, você sabe o resto. — Exibir comportamentos que ele pensava serem normais o fazia se sentir melhor, eu acho, mas também, algo dentro de mim ainda não achava que ele confiava em mim. Havia algo mais. Havia, eu tinha certeza, coisas sobre minha situação que ele sabia e não me contava.

— Você tem três marcas; você se tornou ligada a ele, mas não totalmente. Tudo isso é novo e assustador. Nesse ponto, vocês deveriam apenas estar compartilhando as emoções e memórias um do outro, mas me parece que a ligação é mais forte do que deveria ser, e unilateral também, o que é ainda mais estranho. Não posso acreditar que Kane teria ficado longe tanto tempo se pudesse sentir sua dor, Candra. Ele se preocupa profundamente com você e manteve a promessa feita a seus pais, correndo um grande risco para si mesmo.

— Se isso é verdade, então por que ele não voltou? Ele começou isso, esse pesadelo, me marcando. Achei que ele se importava comigo, me amava, mas, também, nunca conheci ninguém como ele... Eu estou tão confusa. — Eu me sentia uma tola por ter me apaixonado por ele; me apaixonado por um monstro.

— E-eu não posso viver sem ele e preciso dele.

— Eu não sei como dizer isso sem fazer você se sentir pior. Mas parece que é tudo o que venho fazendo, não é? Candra, por mais amoroso que ele possa ter parecido para você naquele momento e apesar de todas as coisas maravilhosas que ele lhe disse quando você esteve com ele, ele realmente não a ama. Ele não pode. — Tentei falar, mas o Sr. Bennet ergueu a mão: — Espere, me deixe falar, por favor. Os vampiros são criaturas egoístas e egocêntricas; eles não se preocupam com ninguém, ninguém além de si mesmos. Oh, eles podem ser amorosos e ótimos amantes, mas quando se trata do coração, eles são demônios astutos. Todos somos frios por dentro e por fora. Nunca se esqueça disso, Candra.

Meu coração pesou como uma pedra. — Ai, Deus... Eu fui tão idiota, mas não entendo nada disso.

— Ele realmente se importa com você, Candra. Ele disse que voltaria e voltará, mas enquanto Charles estiver por aí, Kane estará procurando por ele e tentando impedir a ameaça a você. O vínculo de Kane com você é através do passado e de sua promessa aos seus pais.

— Sr. Bennet, você é um vampiro. O que eu não entendo é; por que você não age como Kane ou Charles? — É verdade, ele não dera nenhum sinal de ser outra coisa senão um cavalheiro de meia-idade vivendo feliz com seus livros. Eu me perguntei novamente por que meus pais não o convidaram para entrar em sua casa ou se voltaram para ele quando perceberam que Charles era um perigo para nós.

— Bem, o que acontece é que, quando eu fui transformado, eu achei muito difícil tirar a vida de outro humano. Parece que tenho consciência, enquanto outros não. Só porque minha vida como ser humano foi interrompida abruptamente, não significa que meus sentimentos sobre a humanidade deveriam mudar também. Eu ainda queria ser e agir tão humanamente quanto pudesse. No começo foi difícil. Quando um humano é *recém-transformado*, a sede de sangue é tão grande que eles fazem de tudo para detê-la. Quando você é um recém-nascido, sua sede é dez vezes pior. Admito que já cheguei a matar, poucas pessoas, mas matei. Também não me orgulho disso, mas na época não sabia que havia opções. Assim que soube dessas opções, comecei a me sentir mais humano. Não quer dizer que beber sangue animal torne alguém mais humano, mas não ter que tirar uma vida humana, sim.

— Ah, bom, que sorte a minha, então. — Eu fiz uma careta depois de dizer isso. Mas era verdade, porque sem o Sr. Bennet eu ficaria sem casa e, pior, sem ninguém para se importar se eu vivia ou morria.

— Ah, sim, bem, Candra, então me diga, há algo que eu possa fazer por você?

— Eu preciso voltar para minha casa, ou o que sobrou dela. Eu preciso ver por mim mesma e talvez salvar algo do que sobrou dela.

— Se você achar sensato, vá em frente, eu estarei com você, observando. Mesmo que Charles não esteja por perto, isso não significa que ele não vai voltar. Ele vai, Kane tem mais uma marca para lhe dar. Depois de recebê-la, Charles não poderá tomá-la como sua própria serva, mas tentará arduamente matar Kane e possivelmente levá-la para seu coven. Ah, sim, e provavelmente deveria ter mencionado que todos por aqui acreditam que você estava fora da cidade quando a explosão ocorreu. Seu advogado sabe que você está aqui, então ele entrará em contato com você sobre o sinistro.

No fim das contas, sorri para o Sr. Bennet. Desde que voltara para a Mansão Rosewood, não me sentia parte da vida aqui, não que tivesse amigos próximos. Pensando bem, meus pais mesmo nunca tiveram amigos próximos. Talvez esta fase da minha vida não fosse muito diferente de antes. Assim como um fantasma, não, não como um fantasma, como um vampiro, agora eu era quase mítica, existia, mas fora da sociedade humana.

— Mas eu não acho que é sábio você ir agora, para sua casa, quero dizer. Você passou por muita coisa nos últimos dias e não acho que seu corpo possa receber muito mais emoção — disse ele.

— Tudo bem, olha, vou descansar um pouco e depois podemos fazer uma pequena visita, só isso.

— Eu volto para te buscar mais tarde.

Tentei pensar no que eu precisava fazer em meio a todo o caos ao meu redor, queria saber o que faria se Kane não voltasse. Eu o queria ou era apenas o feitiço que ele lançara sobre mim? Eu precisava descobrir se eu poderia resistir a ele, e se eu poderia lutar contra as marcas.

Eu precisava descobrir o verdadeiro plano de Charles e se eu poderia me defender contra ele sem Kane. Eu sabia que Kane não tinha matado meus pais, mas tinha certeza de que Charles sim. Não havia ninguém em quem pudesse confiar para me dar essas informações. Eu tinha que fazer isso sozinha. Durante todo esse pesadelo, a única coisa que eu honestamente não entendia era por que meus pais haviam guardado segredos de mim? Algo terrivelmente errado havia acontecido em nossas vidas e, no entanto, eles optaram por não me contar. Por quê?

— Revide! — Eu disse a palavra em voz alta, ela parecia tão forte, tão poderosa que eu escolhi fazer exatamente isso, e esquecer minha fraqueza. Eu estava cansada disso tudo. O pesadelo que se tornara minha vida agora terminaria. Eu precisava controlar minha vida, não apenas por minha causa, mas também por meus pais.

Eu ponderei sobre o que me lembrava dos livros que lera sobre vampiros, e nenhum que eu lembrava parecia promissor, ou no meu caso, útil. A única coisa que conseguia pensar em fazer era matar Charles.

Mas eu não acho que posso fazer isso! Pensei comigo mesma.

O desamparo que caiu sobre mim como um cobertor pesado me irritava mais do que Kane... Se é que isso era possível. A nova Candra iria entrar em jogo. Eu parei diante do meu espelho, me preparando para enfrentar o mundo quando...

— Trouxe algo para você comer, Candra, posso entrar ?— Ele olhou para o sangue que Kane havia deixado para minha proteção. O que era essa má vontade que Kane tinha com o Sr. Bennet? Havia algo que ele sabia e não estava me contando? Isso também era algo que eu precisava resolver.

— Ah, sim, entre.

Ele entrou com uma bandeja cheia de sanduíches, chá e alguns biscoitos duplos de chocolate.

— Parece uma delícia, obrigado, aqui, pode ficar com uma parte do meu sanduíche. Eu não posso comer um inteiro. — Entreguei-lhe metade do meu, esquecendo por um momento que ele estava em uma dieta estritamente líquida.

— Não, obrigado, não estou com fome, mas quero que você, Candra, coma. Você não tem comido nada há algum tempo e parece bastante abatida.

— Eu vou comer, você não precisa se preocupar. Eu quero ir para minha casa depois que terminarmos, eu realmente quero.

— Tem certeza de que está pronta para isso? Você já passou por muita coisa nos últimos tempos; Eu não quero que você fique doente também.

— Já estou me sentindo melhor. Tive uma boa conversa comigo mesma e decidi lutar contra Charles e Kane, se isso for possível. — É, isso tinha soado melhor na minha cabeça do que em palavras faladas. — Só não quero mais ficar sentada como uma donzela em perigo. Meu pai aprovaria e, agora que penso nisso, minha Mãe, bem, ela não aprovaria, mas ela não está aqui, então...

— Você não pode lutar contra Kane, Candra, não importa o quanto tente. Quando um vampiro escolhe aquele que deseja como servo, nada o detém. Estou feliz que você queira lutar contra Charles, especialmente quando comecei a ter minhas dúvidas, também. Quero dizer, este último episódio me convenceu de que Charles tinha vencido.

— Eu sei, você já me disse isso. Como eu disse, não posso simplesmente ficar sentada aqui às cegas e deixar que eles me controlem com amor e medo; Não fui criada assim e estou cansada disso. Eles estão me quebrando, posso sentir os dois me puxando como dois cães lutando por um osso, mas não mais, é a minha vez de assumir o controle.

— Bem, coma primeiro e lute depois, ok? — Ele apontou para o meu prato, que ainda continha um sanduíche comido pela metade.

Não falamos mais da luta que se aproximava ou de Kane e Charles. Conversamos sobre nosso passado e como as coisas estavam diferentes agora, em comparação com quando ele era vivo. Eu contei a ele que fui uma criança difícil quando crescia, muito teimosa e não muito feminina. Falei longamente sobre meus pais. Eu me senti como se pedaços de mim estivessem se reconstruindo enquanto falava e, embora não pudesse voltar aos dias da minha infância, eu conseguia me lembrar deles agora sem o entorpecimento de uma dor extrema.

— Você já terminou sua comida, Candra? Certifique-se de beber o seu chá.

— Sim, obrigada — respondi, enquanto eu levava a xícara à boca e bebia o chá agora morno de uma maneira nada feminina. O Sr. Bennet olhou, um sorriso simpático curvou sua boca normalmente inexpressiva enquanto ele se virava e me deixava para me vestir com privacidade, levantei-me lentamente e, quando me senti forte o suficiente, me troquei. Eu me sentia mais forte do que jamais fora e fiquei maravilhada com a rapidez com que me recuperei. Quando desci a escada, o Sr. Bennet estava esperando por mim.

— Estou bem, calma, não sou um pedaço de porcelana que vai quebrar, sabe? Vou ficar bem... de verdade. — Eu me sentia mais forte a cada passo. Nesse ínterim, revirando os olhos, o Sr. Bennet me seguiu. — Tem certeza de que está pronta para isso?

— Sim, estou, além do que, o chá que você fica me dando me acalmou. Não, acho que um pouco de ar fresco vai ajudar. Preciso fazer algo para limpar a névoa que me cerca.

— Candra, você pode ir mais devagar? Isto não é uma corrida, sabe? Você tem tempo de sobra para encontrar o que procura, na verdade, não precisamos sequer ir hoje, precisamos? Ou eu poderia ir por você? — Saímos de casa no crepúsculo, tudo parecia diferente para mim.

— O que você está insinuando? Existe algo que você não quer que eu veja ou encontre?

Minha reação pareceu diverti-lo. — Não estou escondendo nada de você. Apenas quero cuidar de você e de sua saúde, apenas isso, Candra. — Ele me ofereceu um sorriso tímido que beirava o infantil e era estranhamente desagradável.

Eu me virei e continuei em direção às ruínas de minha casa. O Sr. Bennet entendia tudo o que estava acontecendo comigo, mas não queria me dizer nada de real importância. Havia algo sobre ele que eu não conseguia definir, então fiquei de olho nele.

Na quietude da noite, respirei o ar fresco e me senti tão viva, intensamente sintonizada com o que me cercava. Eu me senti como um recém-nascido, literalmente. Até mesmo no sentido como vampiros usavam a palavra, mas eu não tinha certeza do porquê. No geral, fiquei surpresa por poder me sentir tão diferente.

Ele me observou enquanto eu sorria para tudo que via e ouvia.

— Então, você está se divertindo, não é? — Ele perguntou.

— É fantástico, o chá realmente... Não sei... Me sinto tão viva. Que tipo de chá era?

— Chama-se Chá de Sanguinária ou Chá de Sanguínea. Candra, você não deveria estar tão intimamente ligada a Kane, ainda não, mas por algum motivo você está.

— Por quê? — Continuei olhando em volta enquanto caminháva-mos. Tudo parecia zumbir com vida.

— Não tenho certeza se você está pronta para lidar com outras coisas ainda, especialmente depois do que você passou. Acho que devemos esperar até que você esteja um pouco mais forte.

Eu olhei para ele com desconfiança. Já era ruim o suficiente eu não ter visto Kane há dias, e minha depressão estar tomando conta de mim. Saber que ele tinha mais a me dizer não me agradava nem um pouco. Eu não tinha certeza se conseguiria lidar com novos choques. Eu odiava essa Candra. Não sou como ela e me sentia péssima por fazer o Sr. Bennet passar por tantas coisas, mas por outro lado... Algo dentro de mim me dizia que ele estava escondendo algo. Meu instinto nunca me falhara. Eu mantive isso em mente para conversas futuras.

— Sr. Bennet...

— Shh, não precisa dizer nada, Candra. Lembre-se de que sei pelo que você está passando. Lamento muito que tenha acontecido. Você já leu o Drácula de Bram Stoker?

Imaginando onde ele queria chegar com isso, respondi: — Bem, sim, há muito tempo, por quê?

— A amiga mais querida de Mina, Lucy, foi mordida, lembra? Ela ficou muito doente e, no entanto, Van Helsing sabia o que estava acontecendo com ela e tentou protegê-la, salvá-la de uma vida que ele conhecia muito bem. Você, minha querida, me lembra dela, e por isso temo por você, porque esta vida não é nada que eu desejaria nem mesmo para um inimigo.

— Ela, ela foi morta, não foi? A Lucy, quero dizer.

— Sim, ela foi morta. Ela não era mais a Lucy que Mina conhecia e amava. Ela, minha querida, era um monstro.

Senti como se meu coração tivesse caído no estômago. Não gostei de ouvir a palavra *monstro*. Era isso o que eu estava me tornando, um monstro? A ideia de ser assim me assustou e comecei a me imaginar como Lucy. Eu não queria fazer parte de uma existência sem fim. Caminhando noite após noite e caçando para deter a sede frenética que me levaria a matar. Eu já me sentia como se estivesse louca de desejo. O desejo por Kane queimava dentro de mim. Era um desejo anormal, que me levara a um estado quase psicótico. A ideia de me matar não parecia tão ruim, mas me afastei desses pensamentos e me concentrei no que estava à frente: minha casa, ou o que restava dela.

— Você está bem, Candra? Você parece incomodada.

— O quê? Ah, sim, sim, estou bem. Talvez um pouco cansada ainda, mas vou dar um jeito, não se preocupe. Preciso ver minha casa ou, devo dizer, meus escombros? — Eu ri um pouco, mas não foi uma risada real, foi mais forçada.

Ao chegarmos ao topo da colina, vi instantaneamente a montanha de tijolos, pedaços de madeira, telhas e vidro que cobria o chão. Fiquei pasma ao ver o que antes era uma mansão majestosa, agora reduzida a escombros. Minha garganta apertou enquanto eu lutava contra as lágrimas.

Parei onde deveria estar a porta da frente e cuidadosamente contornei os escombros. Simplesmente não sobrava nada que se parecesse com a minha casa. Não sabia por onde começar ou o que procurar. Eu só tinha que encontrar algo, qualquer coisa a que pudesse me agarrar que mantivesse meus pais perto de mim.

— Candra, eu tomaria cuidado se fosse você, o chão não está tão estável e você pode cair. — Ele rapidamente se aproximou de mim, tomando cuidado onde pisava também.

— Eu vou ter cuidado, só quero ver se há algo que possa salvar que mantenha a memória dos meus pais viva e...

Algo cintilou na luz mortiça, algo prateado. Fui até o objeto e o peguei. Era um medalhão intrincadamente detalhado, com o desenho de uma rosa gravado na frente. Parecia ser muito antigo e não me lembrava de tê-lo visto antes. Eu o segurei para ver melhor e perguntei ao Sr. Bennet o que era.

— Bem, vejamos...— Ele o pegou de mim e olhou com atenção. — Parece ser um medalhão de cremação. Eles eram feitos em memória de um ente querido que havia morrido. Dentro, o medalhão carregaria algumas das cinzas da pessoa amada. Os enlutados o usariam no pescoço, suponho, para manter seus entes queridos perto de seus corações, ou pelo menos foi o que me disseram. Eu, por um lado, acho que é algo bastante mórbido, mas outros não. É tudo uma questão de gosto.

Ele o devolveu e eu, por curiosidade, o abri. Uma tontura subitamente me dominou e estendi a mão para o Sr. Bennet. Tentei agarrar sua mão, mas era tarde demais.

Acordei, ainda em um estado mental nebuloso, ainda do lado de fora, mas não em uma pilha de escombros. Minha casa, aquela que fora destruída por Kane e Charles, agora se apresentava como havia sido, até fumaça saía de sua chaminé. Levantei-me trêmula e fui até a porta dos fundos, que dava para a cozinha.

Eu entrei cautelosamente. O cheiro de carne assando no forno me alertou para o fato de que eu não estava sozinha. A cozinha estava muito diferente. A decoração de que me lembrava havia sumido. Na verdade, não havia conveniências modernas e tudo... estava imaculadamente limpo, mas era rústico, e não do século XXI.

Havia uma enorme lareira acesa, com uma panela pendurada logo acima das chamas. As prateleiras à direita do fogo estavam cheias de garrafas de vidro verde escuro, tigelas de madeira, colheres e pequenos potes de especiarias. À esquerda da lareira havia um suporte, no qual pendiam toalhas feitas à mão. Toquei uma e examinei os pontos que a decoravam. Eles eram delicados e bem-feitos e representavam rosas com um padrão cruzado circundando a flor. Enquanto continuava a me mover pela cozinha, notei a porta que dava para a sala de jantar.

A sala ainda parecia a mesma, ou quase. A lareira ainda permanecia, com seu espelho logo acima do manto, e a grande janela à direita dela me lembrava de como eu adorava espiar para fora quando criança. Eu me senti em paz. A mesa estava posta como se o jantar fosse começar em breve. Porcelana fina com a inicial "R" no meio e uma toalha bordada com rosas enfeitava a mesa; Lembrei-me de ver minha mãe usá-las em ocasiões especiais, como aniversários ou Natal.

Continuei para a sala de estar. Estranhamente quieta, mas não tive medo. Continuei, estranhamente contrita, como se minha razão de estar ali fosse um segredo. A sala, ricamente mobiliada, mas ao mesmo tempo aconchegante, tinha um fogo aceso preguiçosamente na lareira, e ao lado dele estava minha cadeira, a cadeira que eu tinha quando criança.

Os quadros nas paredes e os que revestiam a lareira não reconheci; nem mesmo os da mesa. Então eu vi uma pintura de dois meninos parados na frente de seus pais, gêmeos. Atrás deles, sentada, estava sua mãe, e em seus braços estava um bebê. O pai estava ao lado da mulher sentada, a mão apoiada em seu ombro quase como se a contivesse. Os meninos pareciam familiares, mas eu não conseguia identificá-los. Um barulho veio de fora e eu fui até a janela e abri a cortina ligeiramente. Lá eu vi o homem e um dos meninos da pintura banhados pelo luar. Palavras ásperas encheram o ar enquanto o menino chorava, envergonhado. Eu não conseguia ouvir o que estava sendo dito e engasguei quando o homem deu um tapa no rosto do menino, quase o derrubando no chão. Como ele podia bater em uma criança assim? Foi tão cruel e eu queria correr e impedir o homem de bater na criança novamente, mas não conseguia me mover. Alguma força não me permitia. Estava presa no lugar, forçada a ser uma espectadora.

O homem se virou e se afastou da criança e palavras de desgosto pairaram no ar. Machucado, com lágrimas escorrendo pelo rosto, o menino olhou para o homem. Enquanto eu observava, seus olhos ficaram pretos enquanto seus punhos cerraram-se de raiva... Um grito perfurou o ar, mas esse grito não era de dor, era mortal. Eu não conseguia tirar os olhos da criança e, tão rápido quanto o grito veio, tudo acabou com a criança sorrindo serenamente. Sua cabeça girou em minha direção. Eu congelei sem saber o que fazer. Ele caminhava com uma calma que me fez estremecer. Parou à janela, bem na minha frente. Ele parecia tão angelical, embora seu rosto estivesse pálido e seus olhos verdes estivessem arregalados e brilhantes. Tão parecido com os meus, mas, no fundo de sua alma, eu podia ver o vazio onde o mal se escondia. Ele falou comigo, mas nenhuma palavra saiu de sua boca; ele falou comigo com sua mente. — A profecia depende de você, Candra. — E então desapareceu. Tudo ficou preto.

— Candra, você pode me ouvir? Candra! — O Sr. Bennet acariciava meu rosto suavemente, tentando me acordar. — Candra, por favor, acorde. — Abri os olhos. Todo o evento me assustou tanto, que comecei a hiperventilar.

— Respire constante e profundamente, Candra, você tem que diminuir a sua respiração ou você desmaiará novamente, minha querida. Eu sabia que não deveria ter concordado em deixar você vir aqui, sabia que você não aguentaria. Eu sou um tolo.

— Eu... Eu estava em casa, aqui, nesta casa. Jantar cozinhado no fogão e a mesa posta com as melhores porcelanas da minha avó. — Eu me sentei e continuei. — E havia esta pintura; ela... Onde está? Tem que estar aqui. Me ajude a procurar. — Levantei-me e comecei a fuçar entre pedaços de madeira e móveis quebrados. Enquanto isso, tentei descobrir onde estaria a sala de estar e tropecei naquela direção. Cavando entre os escombros, como se minha vida dependesse disso. Tinha que estar lá.

— Candra, o que há de tão importante nessa pintura? Acho que você não precisa mais se chatear. Podemos voltar e ver quando você for mais você mesma. Eu...

— Se você vai continuar me dando lições, então aconselho que me deixe em paz porque agora não preciso de um sermão, preciso daquela pintura. Você vai me ajudar ou não? — Eu não esperei por sua resposta; Continuei escavando os escombros com minhas próprias mãos, até que...

— Eu achei. Não foi destruída. — Eu a peguei, limpei a sujeira com a manga do meu casaco e fiquei ali olhando amorosamente para ela. — Está tudo bem, nenhum dano. Olha, é a pintura.

— Que pintura? — Eu podia dizer que ele tinha um pressentimento de que pintura era, mas ele queria ouvir de mim.

— Eu não sei quem... Algum membro da família talvez, eu só sei que nunca tinha visto isso antes, mas estava pendurada na minha casa. Como eu disse antes, eu estava andando até a sala e foi quando ouvi uma voz do lado de fora. Fui olhar e lá estava esse homem, ele era horrível, simplesmente horrível. Ele bateu no menino várias vezes. A cena toda me deu calafrios na espinha porque não pude deixar de notar que os olhos da criança estavam pretos. Quero dizer, pretos como carvão. Sem pupilas. O menino também não parecia assustado. Nem chorou. Estava completamente sem emoção. Mesmo com os tapas, ele simplesmente aceitou. Então, depois, quando esse homem foi embora, o menino olhou para mim. Ele me viu na janela. Isso me chocou, mas o que tornou as coisas mais assustadoras era que seus olhos não eram mais pretos, eles eram como... — eu olhei para o Sr. Bennet — ...como os meus.

O Sr. Bennet ficou bastante preocupado, eu podia dizer que ele sabia para onde isso estava levando, e não era bom. Eu havia voltado para o passado, o passado do meu avô, e revivido parte de sua vida.

— Ai, meu Deus... Charles.

Intrigado com a reação dele, continuei: — Ele foi até a janela, onde eu estava e falou comigo. Ele disse que *a profecia depende de mim.* O que ele quis dizer com profecia? E quem é aquele menino?

— Como eu pude ser tão estúpido? Meu Deus, ele se parece com... Não gosto nada disso, Candra. Acho melhor voltarmos para minha casa. Não tenho certeza do que ele quis dizer, mas seja o que for que signifique, teremos mais problemas. Vamos, acho que você já teve emoção o suficiente por um dia, você precisa descansar. — Ele sabia exatamente o que significava, eu apostaria minha casa nisso se eu ainda tivesse uma. Eu tinha que me tornar um deles, para tomar meu lugar na família onde meu avô Charles me queria. Alguém precisava proteger a linhagem e eu era a única que restava para fazer isso. Isso não deveria fazer eu me sentir especial; depois de lamentar o fato de estar sozinha no mundo? Quem dera.

Segurei firme a pintura enquanto caminhávamos de volta para sua casa. Na minha cabeça, *a profecia depende de você* soava repetidamente, como um disco riscado.

DEZ

Voltamos para a casa. Sombras noturnas brincavam com meus olhos quando o Sr. Bennet estancou do lado de fora da porta.

— Algo está errado; algo ou alguém está aqui. Posso sentir. — Ele entrou primeiro e freneticamente começou a vasculhar cada quarto.

— Candra, fique aí fora, não é seguro aqui. — Ele correu escada acima, mas eu não dei ouvidos a ele e entrei.

Ao entrar, encontrei uma estranha, uma mulher, parada como uma estátua perto da escada. Suas roupas estavam rasgadas e ela balançava ligeiramente de um lado para o outro.

Ela parecia angustiada e então lentamente caminhei até ela. Ela estava respirando estranhamente; seu diafragma se contraía como se estivesse sob grande pressão quando ela inspirava e ela parecia atordoada.

— Ahm, você está bem? Como é que você conseguiu entrar? — Ela virou a cabeça lentamente e olhou através de mim. Seus olhos estavam sem vida e tão escuros quanto a noite... Como os da criança que eu vira em minha visão. Senti meu coração bater forte e a auto-preservação entrar em ação. Sem mostrar externamente o pânico que sentia, comecei a me mover para trás. Os cantos de sua boca se curvaram para cima, mostrando suas presas, enquanto sua respiração mudava rapidamente. Ela começou a ofegar muito rápido, quase tendo convulsões enquanto farejava o ar, a baba transbordou de seus lábios quando ela silvou, então ela pulou. Gritei de terror ao cair no chão. Ela estava agora em cima de mim. Ela agarrou meu cabelo, puxando meu rosto em direção a sua boca.

Com todas as minhas forças, dei um soco no rosto dela. Ela caiu para o lado. Corri para a porta da frente. Um rosnado alto veio de trás de mim. Vinda lá do fundo, minha força borbulhou até a superfície, a vontade de viver ainda mais forte do que a minha vontade de morrer. Minha mão estava a centímetros da mesa do corredor. De uma só vez, agarrei sua perna, joguei a mesa nela e corri. Em segundos, ela me pegou e me segurou com força pelo pescoço.

— Ei, Candra... quer ser minha irmã de sangue? Não, eu duvido que você fosse querer, mas a gente se conhece há tanto tempo que eu achei que você ia se importar que eu estou com fome.

Nauseada por essa vadia me querer morta, minha boca ficou seca enquanto eu tentava falar. — Eu lembro de você. Você era a garçonete da lanchonete.

Ela riu de minhas palavras e sua resposta continha uma nota de impaciência. — Você sempre foi solitária, boa demais pro resto de nós, uma Rosewood, mas agora tenho coisas melhores pra fazer do que conversar.

— Você vai deixar minha família com raiva se você me matar! Tenho certeza de que você não gostaria de lidar com eles agora, não é? — Era uma péssima defesa, mas no momento eu tinha que enrolá-la. Onde diabos estava o Sr. Bennet, afinal?

Ela não me ouviu. A fome era sua única motivação e a deixava louca como um chapado ficava louco por uma pizza. Ela me olhou de cima a baixo. É, e eu era a pizza, com certeza.

—E daí? Depois que eu terminar com você, então você vai poder... — uma risada gutural soou — ficar com seus pais.

Ela segurou minha garganta com tanta força que apenas tentar respirar era difícil. Em palavras ofegantes, eu disse a ela: — Você está me machucando.

— Machucando você? Essa é minha intenção, Candra, isso é o que os caçadores chamam de esporte. É divertido ver você lutar. Deixa o sangue mais agradável, sabe? A hora do jantar deve ser um prazer, não uma chatice. — Ela mostrou suas presas e partiu para a matança.

— Pare! — O Sr. Bennet estava no topo da escada. Ele segurava uma grande besta; com uma flecha no lugar e apontada diretamente para o coração da vampira.

Ela curvou os ombros e sibilou alto.

— Você quer me matar pra ficar com ela só pra você, mas a gente pode dividir se você quiser, eu não me importo. — Suas presas repousaram em minha garganta quando a flecha perfurou seu corpo. Ela inclinou a cabeça para trás enquanto agarrava a flecha com ponta de aço inoxidável que se projetava de seu peito. Uma expressão de surpresa ficou imortalizada em seu rosto. Ela explodiu em chamas logo depois. Eu fugi enquanto o fogo a consumia. Finalmente, ela se tornou uma pilha de brasas ardendo no chão.

Grite, droga, grite! Eu gritei comigo mesma. Em vez disso, sentei lá, tremendo, com lágrimas escorrendo pelo meu rosto.

O Sr. Bennet baixou o arco e correu em meu auxílio. — Você está bem?

Ainda tremendo, eu murmurei: — E-Ela...

— Sinto muito, Candra. Sei que é tudo o que tenho dito a você, mas sinto muito. Sinto que te decepcionei de muitas maneiras. Achei que você estaria segura em minha casa, mas não está mais segura aqui. Eu falhei miseravelmente.

— E... Ela... estava... Ela está morta. Você a matou. Você veio e atirou uma flecha no peito dela. Ela simplesmente pegou fogo. — Eu olhei para ele e agarrei sua manga.

— Perdi meus pais, minha casa e agora isso. Isso algum dia vai parar ou essa é a minha vida agora? — Eu engoli em seco, enquanto as lágrimas escorriam pelo meu rosto. Eu não aguentava mais. Eu queria minha vida de volta. A vida que eu tinha antes da morte do meus pais. Raiva, mágoa e frustração vieram à tona de uma vez.

— E-eu não... Eu não quero isso. Eu achei que conseguia lidar com isso. Pensei que poderia lutar contra todo o mal que parece me encontrar, mas, na verdade... Não posso! Eu simplesmente não posso! — Eu desacelerei minha respiração. Eu precisava racionalizar o que acabara de acontecer. Tinha que continuar com a luta que disse que enfrentaria, por mais louca que fosse.

— Sinto muito. Eu faria com que tudo desaparecesse se pudesse, mas não posso — disse ele, segurando minhas mãos. Ele lentamente soltou minhas mãos e eu me levantei.

A lutadora em mim assumiu. Algo assumiu o controle. Veio do meu centro. Ferveu em minhas veias e trouxe à tona a lutadora em mim. Olhei com firmeza para ele.

— E agora, hein? Por que você não me contou sobre isso? E quantas outras pessoas você e minha família transformaram ao longo dos anos? Por que você não me contou sobre meu avô ou Kane quando nos conhecemos? E por que meus pais nunca convidaram você para a casa deles? — Eu o empurrei com força.

Desgostosa com todas as mentiras e meias-verdades que ele havia me contado, me virei para voltar ao meu quarto no andar de cima, mas antes de fazer isso, olhei para trás e o vi como ele realmente era. Um mentiroso deslavado, que gostava de brincar com os mais fracos. Bom, ele não perdia por esperar. Subi as escadas de volta ao meu quarto e tranquei a porta. Eu não precisava, eu ainda estava protegida pelo sangue de Kane, então realmente não havia necessidade. Acho que só queria ter certeza de que ele ficaria fora.

Sequei o rosto com a manga e olhei pela janela. Eu não tinha mais lágrimas para derramar. Esse pequeno acontecimento, digamos, havia puxado meu tapete. Eles queriam uma mulher fraca e frágil, bem, eu tinha novidades para eles, eu ia revidar.

— Eu vou acabar com todos vocês! Ouviram!? Vocês não vão me levar. Eu vou morrer antes de permitir isso! — Eu gritei para as janelas. — Apenas não hoje.

Eu cheguei à conclusão agora, que a vida não podia mais me assustar. O que mais eles poderiam fazer que já não tinham feito? Já vira de tudo ou era o que eu esperava. Sim, agora não restava mais nada. Mais uma vez, minha ferida que tentava se curar se abriu, e, com ela, uma nova dor que tocou fundo dentro de mim. Meu estômago se retorceu em nós e cãibras agarraram meu abdômen. Pegando um travesseiro da cama, eu o abracei com força contra mim. Uma sensação estranha tomou conta de mim enquanto eu olhava na direção de minha casa. Eu podia ouvir uma voz, tão lírica, que causou arrepios na minha espinha. Kane.

Eu cobri meus ouvidos, esperando que isso bloqueasse sua voz. Eu não queria mais fazer parte dele, nem agora, nem nunca. Eu queria minha vida de volta, do jeito que eu lembrava que era, mas quanto mais eu tentava bloqueá-lo, mais alto e mais insistente ele se tornava.

— Eu não esqueci de você, Candra, meu amor. Minha energia corre através de você. Use-a e deixe-me torná-la forte. Estaremos juntos em breve e então você será minha.

— Vai embora! — Sua paixão queimou em minha alma. Penetrando através de cada brecha dolorosa que ansiava por ele. Tentei lutar contra ele, mas quanto mais eu lutava, mais ele se intensificava. Isso intensificou as paixões que eu pensei que estavam perdidas para sempre. *Lute, Candra. Não o deixe vencer.* No fundo, se eu realmente pensasse nisso, não poderia fazer isso sozinha. Eu sou apenas uma reles mortal. O que eu sei sobre lutar contra vampiros? Parecia tolo da minha parte, mas sendo teimosa como meu pai, eu também precisava acabar com toda essa merda. Respirei fundo. Exalei. — Eu preciso da ajuda de Kane. — Pronto, falei. Isso significava que eu era fraca? Não. Significava que eu era mais inteligente. Kane era minha única chance de buscar vingança contra Charles e os outros vampiros. De certa forma, me dava repulsa pensar que eu gostaria de agir daquela maneira, mas me senti mudada. Mais forte e mais determinada. Eu ia começar a usar minha cabeça e parar de acreditar na palavra do Sr. Bennet sobre tudo. Não querendo apenas esperar que algo acontecesse e, implacável, agora eu queria alguém para culpar e tinha muitas opções.

Lembrando que o Sr. Bennet tinha uma coleção de livros em seu escritório, decidi que valia a pena investigar e fazer um pouco de pesquisa.

ONZE

A MANHÃ ACABOU se mostrando a melhor hora. Mais luz. O escritório do Sr. Bennet ficava do outro lado do corredor da sala de estar. Não querendo chamar atenção para mim, desci as escadas na ponta dos pés, segui pelo corredor e entrei em seu escritório. Não era uma sala grande, mas do chão ao teto havia estantes cheias de livros, na verdade, todas as paredes estavam cobertas de livros. Meu coração afundou, enquanto uma ansiedade avassaladora enchia meu peito. Aquilo não ia ser fácil.

— Como eu vou encontrar o que eu preciso? Vou levar o dia todo, talvez mais, para encontrar o que quero e não tenho muito tempo. — Murmurando palavras que envergonhariam meus pais, comecei minha longa jornada no caminho para a verdade.

Comecei com a prateleira mais próxima e folheei os títulos. Havia livros sobre medicina, Primeira e Segunda Guerra Mundial, livros de poesia, livros de história, mistérios e muito mais. — Eu deveria desistir, eu não consigo fazer isso... Eu não consigo. É impossível. — Então uma voz dentro da minha cabeça sussurrou para mim: — Olhe para a luz.

Perplexa com as palavras, eu as disse em voz alta. — Olhar para a luz? Uma luz, uma lâmpada ou isso é algum tipo de metáfora? Você não pode me dar uma pista melhor? — sussurrei.

Foi como se alguém tivesse virado minha cabeça para mim. A grande janela panorâmica à minha esquerda deixava entrar um feixe de luz pelas cortinas quase fechadas. Mas então, eu vi. Um livro muito grande. Não estava na prateleira, mas em uma mesa com três outros livros. A encadernação era de couro preto, decorada com bordas douradas. O título chamou minha atenção, "Rosewood". As letras eram douradas com um estranho padrão de filigrana abaixo delas. Abrindo-o, percebi que as páginas estavam envelhecidas e muito quebradiças. Uma inscrição, manuscrita, no interior, dizia, 'Sic Gorgiamus Allos Subjectatos Nunc'. A tradução *alegremente festejamos com aqueles que nos subjugariam* ' foi sussurrada em meu cérebro. Eu olhei cuidadosamente as páginas, lendo pedaços de informação, mas isso não me ajudava a entender o que estava acontecendo agora ou por que meus pais haviam sido mortos. Eu, no entanto, me deparei com uma seção... minha árvore genealógica. Era difícil de ler e a maior parte da tinta estava desbotada ou bem apagada. No entanto, isso não me impediu de olhar, isso era o que eu precisava encontrar. Meu bisavô Alexander Lemn de Trandafir e sua esposa, Salome Claire Lemn de Trandafir, estavam no topo. Havia outros nomes acima, mas sendo muito antigos, eles estavam desbotados além da possibilidade de leitura e quase desaparecidos. Movi meu dedo cuidadosamente pela página. Eu vi que eles tiveram três filhos. Charles Winslow Rosewood, Timothy Alexander Rosewood e, enquanto meu dedo continuava a deslizar pela página, eu congelei. O nome do filho mais novo me surpreendeu. Eu engasguei. O pânico logo se instalou. Eu me senti enjoada.

— Não, não pode ser, pode? Por que ele não me contou e por que não está usando seu nome de batismo? — Procurei por quaisquer explicações que pudessem dar razão à loucura que acabara de encontrar, mas nenhuma seria suficiente.

— Eldon Bennet Rosewood é meu tio-avô — li em voz alta. Olhando para cima, olhei para a janela na minha frente.

Eu coloquei o livro de lado e a encarei sem entender. Pedaços de informação e imagens dos dias anteriores passaram pela minha cabeça. Tentando entender tudo que havia acontecido, coisas que vi e não entendi agora faziam sentido e fiquei com raiva.

Saindo da sala e descendo o corredor, encontrei-o ainda na cozinha. Ele estava sentado à mesa com a cabeça entre as mãos.

— Ainda está aqui, pelo menos, e você limpou as cinzas também. Muito bem, tio, ou, para ser mais precisa, tio-avô Eldon...

Sua cabeça se ergueu. — Do que você me chamou? — Estava claro que ele não havia gostado disso; ele sabia que me ouvira corretamente. Agora seu segredo pérfido fora revelado.

— Você me ouviu. Eu chamei você de tio-avô. Seu nome é Eldon Bennet Rosewood, irmão do meu avô. Por que você não está usando seu sobrenome? Me diga! Eu preciso de respostas e as quero agora.

Ele respirou fundo, e começou. — Lamento ter enganado você, mas tive boas intenções. Eu queria salvá-la. Veja bem, você já sabe que Charles Winslow Rosewood foi e ainda é um vampiro, você já ouviu a voz dele. Nossa mãe Salomé também foi marcada por nosso pai, mas morreu. Ela se matou, na verdade. Meu pai tinha esse efeito nas pessoas.

— Que cara legal... Espere... Eu preciso absorver tudo isso. Então, você está dizendo que a história da minha família está inteira relacionada a vampiros? Agora faz sentido, eu acho. Então, se eles tiveram filhos, três para ser exata, então todos vocês são vampiros. Certo?

O Sr. Bennet acenou com a cabeça lentamente e então parou por um momento antes de continuar.

— Já havia me ocorrido, quando você disse que voltou para o passado e que, enquanto estava na janela, o garotinho veio até você, que este não era seu avô, como eu pensara antes, mas sim seu tio-avô, Timothy, meu irmão. Eu pensei que ele havia morrido. Sabe, Timothy nos deixou e eu nunca mais o vi. Disseram-me que ele havia morrido nas mãos de nosso pai, o que era mentira. Eles esconderam a verdade de mim... — ele fez uma pausa e continuou. — O que você viu, o que você ouviu foi Timothy. Eles nunca se deram bem, por algum motivo, meu pai sempre favoreceu Charles. Timothy nunca fazia nada direito aos seus olhos. Isso também explicaria por que minha mãe me disse que meu pai havia saído para uma longa viagem à Europa, mas nunca mais voltou. Minha mãe estava chorando, chorando constantemente, o que eu achei estranho porque meu pai já havia feito outras viagens e ela nunca reagira assim. Só me lembro dela chorando por nosso pai, depois por Timothy e novamente por nosso pai. Tudo isso faz sentido agora... Timothy, se você colocasse a foto dele ao lado da de Charles, seu avô, eles eram gêmeos quase idênticos. Então, todo esse tempo em que eu pensei que estava vendo meu irmão Charles, eu, na verdade, estava vendo... Timothy.

— Ah, isso está ficando melhor a cada minuto. Continue, embora eu ache que já entendi que toda a minha família não passa de monstros — eu disse, tentando muito não ser sarcástica.

— Não. Não, não toda a sua família, Candra. Seu pai, é claro, era um vampiro de nascença e assumiu completamente seus poderes quando completou vinte e dois anos, mas quando se casou, ele se casou com uma humana e se recusou a marcá-la. Isso, é claro, não agradou a família. Esperava-se que ele continuasse com o legado, mas ele não podia, quero dizer, ele podia, ele simplesmente optou por não fazê-lo. Ele não queria esse tipo de vida para sua mãe. Ele disse que quando chegasse a hora certa ele iria marcá-la, mas ele estava apenas protelando.

— Ambos queriam um filho, mas as chances de ela ter um filho nascido como vampiro não eram boas, a menos que ela fosse marcada. Sua mãe, como qualquer outra mulher, queria ter filhos, mas sabia qual seria o resultado. É aí que você entra... Eu acho. Algo não está se encaixando aqui. Lembro-me de sua mãe perder um filho ao nascer, mas... já faz tanto tempo que não consigo me lembrar de tudo.

— Que maravilha.

— Mas então você veio... No entanto, não sei quando.

— Ok, então você está tendo perda de memória na sua velhice. De qualquer forma, ao revisar a lista de nomes, vi que Timothy morreu jovem de tuberculose. Como isso pode ser possível? Vampiros simplesmente não morrem, a menos que... bem... você sabe. Então, eles mentiram na certidão de óbito?

— Não me lembro, mas um parente mandou fazer um medalhão e pensei que as cinzas de Timothy tivessem sido colocadas dentro. Não sei para quem o medalhão deveria ir ou quem o teria usado, só me lembro de vê-lo na cômoda da minha mãe.

Meus olhos se arregalaram quando percebi o significado de tudo isso.

— Sim, o mesmo medalhão que você encontrou em sua casa — ele disse, parecendo perdido em pensamentos.

— Mas não havia cinzas nele. O que aconteceu com elas?

— Imagino que tenha sido Timothy, não suas cinzas, mas ... ele era uma criança muito difícil, mais do que o resto de nós, como você viu quando ele era um menino. Qualquer um que fosse contra ele, ele considerava indigno, então ele os matava. Por isso me perguntei sobre o desaparecimento de meu pai ou mesmo sobre o suicídio de minha mãe, mas sempre suspeitei que meu pai tivesse sido a causa. Muito provavelmente, Timothy se livrou deles. O porquê eu não sei. Rancor, muito provavelmente.

— E a minha avó? Ela está morta, mas e os meus outros parentes?

— Se você quiser respostas sobre os outros parentes, sugiro que volte e dê uma olhada no livro. Eles estão vivos, vampiros que são, mas os covens geralmente não são muito grandes e são divididos por causa das tensões. Família, como você já percebeu, pode ser bem, digamos, doentia.

— Ótimo... Minha herança não é nada além de monstros de pele fria e sugadores de sangue. Então me diga, onde Kane se encaixa em tudo isso?

— Charles, ou Timothy, pelo jeito, estava de mau humor ou a sede levou a melhor sobre ele, mas quem quer que fosse, descarregou suas frustrações na próxima pessoa que conseguiu encontrar, que acabou por ser Kane. Eu o impedi, Timothy, agora suspeito que foi, de matar Kane e o trouxe de volta para minha casa. Foi estúpido da minha parte; Cuidei de suas feridas e ele ficou comigo por um tempo.

Foi uma época difícil para ele. A transformação é muito perturbadora; Eu tive que amarrá-lo para evitar que ele se machucasse. Quando ele se acalmou, então, é claro, a sede aumentou, o que por si só poderia deixar qualquer um louco. Achei que poderia fazê-lo ver a razão, convencê-lo de que não precisaria matar para sobreviver, mas era demais para ele, eu acho. Ele não conseguiu lidar com isso, não importa o que eu fizesse para ajudar.

— Ajudar? O que você fez deve ter parecido tão ruim quanto o que Timothy fez com ele.

O Sr. Bennet fez uma careta com minhas palavras e continuou. — Você está certa, Candra. Kane, irritado com sua transformação, desejava ter sido morto em vez de viver esta vida e estava decidido a se vingar. Ele nunca conseguiu encontrar Charles ou Timothy, mas descobriu sobre sua família. Ele os observava nas sombras. Eu sei disso porque sempre o via. Enfim, para terminar esta longa história, ele parece ter abordado seus pais e eles confiaram nele por motivos próprios. Eles, eu acredito, deram você a Kane em troca de sua proteção a você.

— O que mais me irrita é que tudo isso poderia ter sido evitado se você tivesse impedido Charles ou Timothy. Você viu um deles, mas não fez nada. Agora, estou me perguntando quais foram seus verdadeiros motivos — a amargura se espalhou em minha voz.

Ele planejava evitar a pergunta sobre seus motivos, eu podia ver. Ele se levantou, pronto para sair quando eu fiz outra pergunta.

— Você não explicou por que nunca me disse que era meu tio, meu tio-avô.

— Eu mesmo deixei a família. Eu não gostava muito dos meus irmãos, e, enquanto ainda era mais humano do que vampiro, fui embora. A vida depois disso foi bastante difícil. Eu treinei para ser um médico e viajei muito e parei de usar Rosewood como meu nome, mas então me transformei. Nossa espécie, os vampiros, sempre foram um alvo para as pessoas descarregarem seu ódio, então voltei ao redil, mas, ao contrário da maioria dos membros da minha família, me transformei mais tarde na vida, provavelmente porque passei muito tempo no mundo humano. Meus irmãos se transformaram, assim como seu pai, na casa dos vinte anos, eu, por outro lado, continuei minha vida como um humano até os meus 40 e, como tal, eu tinha pouco em comum com meus irmãos mais velhos.

— Não estou interessada nisso. Como você se encaixa no que está acontecendo agora?

— Quando seus pais foram encontrados mortos, pensei que meu irmão Charles, seu avô, tivesse feito isso. Agora já não estou tão certo. Eu não queria te contar, Candra, porque você tinha perdido seus pais e eu pensei que se eu dissesse que era seu tio-avô, um vampiro, você me odiaria ou pior, pensaria que eu havia feito isso. Eu só queria te ajudar e ainda quero. Eu não quero ver você se tornar uma de nós e você está muito perto disso.

— Bem, agora eu não sei o que fazer. Eu te odeio pelas mentiras que você tem me contado, não posso confiar em você... E o que você pode fazer para me ajudar? Você já me disse que não há nada que eu possa fazer. Eu tenho um vampiro que está ligado a mim e determinado a me tornar sua, independentemente do que eu queira.

— Como eu disse, eu nunca quis fazer mal a você. Só lamento que tudo isso tenha acontecido quando tentei tanto evitar que acontecesse.

— Eu pretendo lutar do meu jeito, quer você goste ou não, e não quero sua ajuda. Você apenas atrapalharia e... provavelmente me impediria de fazer o que tenho que fazer, então, se não se importa, deixe-me cuidar dos meus problemas sem atrapalhar, por favor.

— Eu posso aceitar isso, mas uma coisa, se você tiver alguma dúvida, sobre qualquer coisa, eu quero que você venha até mim. Acredite ou não, eu posso ajudar, eu quero ajudar.

Eu olhei para ele com curiosidade. Eu tinha minhas dúvidas sobre ele agora e me perguntei se ele realmente poderia ajudar se eu precisasse. Uma parte de mim sabia que ele não podia, e se perguntava o que ele realmente queria dizer com *ajudar*. Eu ainda sentia que muitas coisas sobre minha família ainda estavam sendo escondidas de mim e que ele não era capaz de dizer a verdade. Eu me perguntei se Kane sabia de alguma coisa.

— Eu preciso voltar para a casa, a minha casa. Eu... Algo está me dizendo que eu devo ir, um pressentimento, ninguém está falando comigo, é apenas algo que eu tenho que fazer. Então, eu preciso ir embora, apenas por um dia. O parque Starve Rock não fica muito longe. Acho que se eu fizesse uma caminhada, o ar fresco e o exercício me fariam bem e talvez clareariam meus pensamentos.

— Apenas me prometa que você terá cuidado. Kane sabe para onde você vai, seus pensamentos são dele agora, então você deve estar segura, mas Charles ou Timothy também podem encontrá-la.

— Que seja... Eu me virei e voltei para fora e fui direto para minha casa.

DOZE

O AR DO INVERNO, com seu frio se instalando em meus ossos, deu um novo significado à palavra *congelada*. Percorrendo os pinheiros mais uma vez, o cheiro me lembrou do Natal, de como eu ansiava por aqueles dias com minha família. Sorri e depois senti dor, pois sabia que aqueles dias haviam acabado para sempre. Parte de mim se ressentia do fato de meus pais não terem me contado sobre si mesmos ou do perigo que parecia atormentar minha vida. Deve ter havido um tempo em que eles poderiam ter me explicado tudo isso em vez de me mandar constantemente para longe, primeiro para a escola e depois naquela viagem para a Europa. O plano deles era que todos nós fugiríamos juntos ou eles planejavam se sacrificar o tempo todo?

Um brilho ofuscante atingiu meus olhos quando me aproximei do topo. Ao chegar lá, percebi que era o medalhão. Eu tinha esquecido de colocá-lo no bolso. Me abaixando, eu o examinei mais uma vez. Por alguma razão, eu estava destinada a encontrá-lo, mas o que deveria fazer com ele eu não tinha certeza. Tudo que eu sabia era que, em algum momento, ter encontrado esse medalhão se tornaria um momento decisivo em minha vida.

Colocando-o em volta do meu pescoço, o metal frio gelou minha pele. Também estabeleceu em mim a determinação de terminar o que comecei. — Vou continuar com a herança dos Rosewood, mas do meu jeito. — Eu fiquei por lá entre meia hora e uma hora, procurando por qualquer coisa que me desse uma pista da loucura em que eu tinha me metido, mas não encontrei mais nada. O carro da minha mãe era a única coisa que não havia sido danificada e isso já me deu uma sensação de liberdade. Eu poderia simplesmente ir embora agora e nunca mais voltar. Entrei no carro e, felizmente, a chave reserva ainda estava embaixo do banco do motorista, onde mamãe sempre a deixava. Liguei o carro e ele se moveu lentamente pela garagem.

Olhando no meu espelho retrovisor, uma figura estava bem atrás de mim. Eu pisei no freio e olhei por cima do ombro... nada. Eu balancei minha cabeça pensando que minha imaginação estava me pregando peças e me dirigi para Starved Rock.

Estava quieto no carro, muito quieto, com flashes do meu encontro com a vampira passando em minha mente. Eu ainda não conseguia lembrar o nome dela e isso me enchia de culpa. A pergunta que eu provavelmente deveria ter feito era como ela entrara na casa e por que ela estava tão ansiosa para me matar. Sr. Bennet ou tio-avô Eldon, como eu agora sabia que ele era, e Kane inundavam minha cabeça. Ambos sabiam mais do que estavam me dizendo. Lutei para manter as perguntas sob controle, mas foi inútil. Liguei o rádio e me concentrei na música. Eu não estava prestando muita atenção ao que estava tocando; Eu só queria o barulho para me distrair.

Enquanto dirigia pela estrada, me deparei com a placa do Parque Estadual. Virando na longa estrada sinuosa, descobri que o parque estava quase vazio quando me aproximei do estacionamento. Havia alguns carros, mas não muitos. Percebi que agora que estava ficando frio, muitas pessoas não gostariam de fazer caminhadas, o que era uma vantagem para mim, porque eu não queria ficar perto de outras pessoas. Eu não era uma companhia segura para ninguém no momento.

Assim que estacionei, peguei a bengala de minha mãe, feita de um velho taco de sinuca. Estava no banco de trás, onde ela sempre a deixava. Meu pai a dera para minha mãe e ela sempre a manteve com ela, provavelmente como uma arma. Eu me pergunto se ela já teve que usá-la algum dia? Diante de vampiros, pensei que era crucial mantê-la perto de mim. O presente caseiro de meu pai para minha mãe assumia agora um significado totalmente novo.

Normalmente, quando eu estava com meus pais, íamos pelo chalé e parávamos na loja de presentes antes de começar a caminhada, mas isso não estava nos planos hoje. Vendo a porta dos fundos, fui direto para ela, então saí. Meu caminho favorito é aquele que leva à Queda dos Amantes, mas achei que a tentação de me jogar seria forte demais para resistir. Não muito tempo atrás, tivera vontade de terminar com tudo eu mesma, então uma pontada tomou conta. Talvez alguma influência do meu bisavô?

Algo que li naquele livro voltou à minha mente. Não estava gostando nada disso. Meu bisavô parecia inspirar suicídio onde quer que fosse. Eu não era uma covarde, mas afundar no esquecimento ainda parecia uma opção fácil e agradável.

À luz do dia parecia um momento seguro para ficar sozinha e caminhar. Quer dizer, os vampiros não saem durante o dia, então eu não estava tão nervosa quanto deveria. Pelas minhas observações, os vampiros pareciam evitar a luz solar direta. A copa das árvores me preocupava, mas, por motivos que não consegui explicar, nem para mim mesma, me senti na obrigação de continuar.

O Cânion LaSalle era uma área que eu ainda não tinha visto e pensei que seria um excelente lugar para começar. A trilha que levava até ele, é claro tinha sua cota de escadas e caminhos estreitos, mas não era para isso que os Parques Estaduais serviam? Enquanto vagava, notei que alguns flocos de neve começaram a cair e, gradualmente, mais flocos começaram a descer do céu pesado acima. Minha criança interior assumiu e eu coloquei minha língua para fora para provar os flocos de neve enquanto eles caíam. Rindo, eu olhei em volta para ter certeza de que ninguém estava olhando... mas alguém estava.

A caminhada até o cânion é de cerca de um quilômetro e meio, com escadas se espalhando aqui e ali, embora não muitas. Já me sentia mais eu mesma. Isso era exatamente o que eu precisava! Normalidade.

Quando estava prestes a entrar no Cânion, notei uma figura, escura e destemida, parada silenciosamente perto da cachoeira. Eu congelei na hora, uma parte de mim queria virar e correr para o outro lado, mas uma voz me manteve presa no lugar. Veio de dentro de mim e fez meu coração saltar. Não era a sensação usual desta vez, era diferente e discordante, mas ainda assim, era ele. Não era?

— Candra, eu disse para você esperar por mim. Eu disse que viria até você e, no entanto, aqui está você, tão adorável como sempre, e um buquê tão doce que você me faz... Minha boca enche de água pelo seu gosto. Venha até mim, meu amor.

Ouvindo apenas suas palavras, eu me encontrei me movendo cada vez mais para perto até estar ao alcance de seu braço. Era Kane parado sob a cobertura do penhasco, não diretamente atrás da queda, mas ao lado dela.

— Por que você está aqui? Por que me deixou sozinha com meu tio-avô e por que não me contou sobre minha família? — Eu estava realmente irritada, tentei soar irritada, mas outra parte de mim queria apenas correr para seus braços e sentir seu toque. Já fazia tanto tempo. Naquele momento, tive uma ideia. Lá no chão estava um pedaço de pau. Sólido, grosso, meio pontudo em uma das pontas. Eu seria forte o suficiente para empalá-lo? Vê-lo explodir em chamas e ir embora para sempre?

— Quantos insultos você joga sobre mim. — Ele se aproximou. — Exatamente como eu me lembrava, você permanece doce como mel, e perfumada como uma rosa rara. Logo você será minha e nós seremos um, para sempre. — Eu podia sentir minha presença o deixando em um frenesi. Ele não conseguia manter o controle perto de mim. Ele inclinou a cabeça para trás enquanto respirava fundo e exalou, dando-me toda a sua atenção.

— Eu anseio por você. — Ele puxou meu corpo para o dele e colocou sua boca bem perto do meu ouvido. Frios como a neve, seus lábios acariciaram minha pele. Sua excitação aumentou junto com a minha quando ele inalou meu perfume.

Meu coração bateu forte contra meu peito. — Kane, por favor... — Sua intensidade tornava difícil me concentrar em qualquer coisa além dele. — Estou falando sério, pare.

— Por quê? Eu sei que você gosta disso. Posso sentir isso. — Seu... — ele gemeu de prazer — ...sangue está tão vivo, tão tentador, você quer isto Candra, eu posso sentir.

Eu queria, todos os músculos formigavam de excitação.

— Eu não quero você ou qualquer vampiro, eu desprezo todos vocês. Por que eu iria querer alguma coisa com você? Você sabe quem matou meus pais e você não os impediu.

— Você testa minha paciência. Venha, não fale de nada e fique quieta. Você está arruinando todo o clima.

Meu sangue começou a ferver. — Meus pais confiaram em você, eles pediram sua ajuda para me salvar da minha família e você só está piorando as coisas. Você deveria ter caçado Timothy ou Charles, ou qualquer pessoa da minha família. Um deles tentou matar você e eles conseguiram matar meus pais. — Eu o empurrei com força; ele voou para trás e bateu na parede do cânion. Fiquei surpresa com o quão forte eu havia me tornado, de repente me ocorreu que a terceira marca havia causado isso. Eu agora seria tão forte quanto qualquer vampiro que me caçasse. Por um segundo, me senti fortalecida, capaz de retomar o que era meu por direito.

— Vejo que você descobriu sua força, mas acredite em mim, você não conseguirá fazer isso, Candra. Você pode ter minha força e minhas capacidades, mas elas ainda não são páreo para sua família.

— Hm, aí eu já não sei, eu empurrei você bem longe. Nada mal para uma garota, você não acha? — Não exatamente as palavras de uma guerreira, mas funcionavam.

— Então, você quer fazer joguinhos, é? Bem, gosto bastante de jogos, tornam o sangue mais prazeroso. É isso que você quer, uma caçada? Eu não queria você como uma presa, mas como alguém que se encaixa a mim perfeitamente, alguém que pudesse ser um comigo, para sempre, mas se você insiste nisso, eu vou jogar... Não vai durar muito, tendo a conseguir o que quero no final.

Levantando uma sobrancelha com sua última declaração, eu percebi então no que tinha me metido, meu estômago estava embrulhado e eu fiquei inquieta com a coisa toda. Eu seria capaz de fazer isso? Eu poderia lutar com ele? Ou seria apenas sua próxima refeição?

Decidindo que era melhor eu correr, disparei para longe dele. Esquecendo que agora possuía suas habilidades, corri por entre as árvores com tanta facilidade que tudo passou por mim como um borrão. Kane, por outro lado, apenas ficou lá e assistiu. Ele riu do novo jogo que agora captava seu interesse.

- Ah, Cand... Srta. Rosewood, você é uma tola, mas tudo bem, não me importo com um pouco de recreação antes da intimidade, uma corrida antes do jantar. Será muito emocionante intensificar as preliminares.

Achei minha velocidade aprimorada de vampiro surpreendente, pensei que estava na dianteira até que fiz uma curva e o vi esperando por mim.

— Droga, mas como... — Eu girei nos meus calcanhares e voltei pelo caminho de onde viera.

— Eu odeio indecisão em uma mulher. Você deve parar com isso de uma vez. — Mais uma vez, ele parou bem no meu caminho. Eu não pude evitar de me chocar contra ele, mandando nós dois para o chão, comigo em cima dele.

— Agora, é disso que tenho falado esse tempo todo. Estou feliz que você tenha finalmente recuperado o juízo.

Furiosa com minha incapacidade de fugir dele, dei um tapa em seu rosto.

Ele agarrou meu braço com tanta força que gritei de dor. — Não me bata de novo, ou farei você desejar nunca ter nascido, está me ouvindo? — Seus olhos estavam diferentes. Não os atraentes azuis cristalinos que eu amava, agora eles estavam completamente pretos. Como carvão. O que acontecera com o Kane que me fizera chorar por ele? Para onde ele foi? Eu não gostava dessa versão. Nem um pouco.

Lutando contra o medo que agora crescia dentro de mim, eu apenas mantive minha raiva sob controle. — Eu não sou seu brinquedo para você brincar comigo assim. Me deixe ir ou juro que vou te bater de novo.

Kane me puxou para seu peito e me beijou na boca. Eu lutei contra ele com todas as minhas forças, mas sem sucesso. Algo estava diferente. O sentimento habitual de paixão que ele gerava em mim... não apareceu. Apenas o medo.

— É isso mesmo, Candra, sim, diga que você será minha, mostre-me. — Ignorando minha luta e deixando rastros de gelo por onde seus lábios tocavam minha pele, ele abriu meu casaco e expôs meu pescoço.

— Não se mova, Candra, ou vai tornar tudo ainda pior. — Ele me deixou ir, mas eu não corri. Já tentara isso e falhara miseravelmente. Eu me tornara sua presa. Lentamente, ele se moveu ao meu redor, me observando. Me medindo, por assim dizer, mas isso é o que os animais fazem antes de matar. Matar. A própria palavra começou a fazer a bile subir pela minha garganta. Quase me fez engasgar com ela. Eu estava prestes a vomitar, mas me mantive sob controle... por enquanto. Conforme ele fazia suas rondas, ele ficava mais perto a cada passo até que, quando estava a centímetros de mim, suas presas desceram. Eram afiadas. Brancas. Percebi que seus braços envolveram minha cintura, o que me deixou ainda mais enjoada.

Suavemente, ele falou: — Você é mais bonita do que eu jamais imaginei. Seu coração batendo forte me excita, você sabia disso? Seu som é tão... cheio de vida, delicioso. — Ele inclinou minha cabeça para o lado para que meu pescoço ficasse totalmente exposto. Eu tremi. Sua respiração, fria como o inverno, acariciava meu pescoço, enquanto seus lábios, suaves e frios, se moviam. Devagar no início, depois mais rapidamente, até que ele encontrou a veia pulsante que o levou ao êxtase.

Eu gemi quando sua respiração gelada fez minha pele formigar. Fiquei muito quieta... e esperei, esperei pela dor que sabia que viria, mas algo não parecia certo. Eu sentia isso. Tentando recuperar a compostura que me restava, me mexi.

— Não se mexa, eu disse, só vai doer mais se você o fizer.

— Não, espere... Isso... I-isso não está certo, você já fez isso. Eu me lembro porque o Sr. Bennet me disse que só me faltava mais uma marca. — Olhei para ele. Algo na maneira como ele olhava para mim me disse que havia atingido em cheio. Ele começou a se contorcer, seus olhos ficaram vermelhos. Bem diante de mim, ele se transformou... Era Timothy, meu tio-avô, ou era Charles? Eu não tinha certeza.

Percebi agora que estava certa sobre a sensação que tivera desde o início deste encontro. Kane nunca me assustava. Ele podia me deixar louca da vida ou encantada, mas nunca apavorada.

— Eu tenho que te dar o devido crédito. Você é mais inteligente do que eu pensava. Kane encontrou seu par perfeito. Pena que ele não está por perto para reclamar seu prêmio... Não, é melhor assim, com ele longe, torna a matança muito mais fácil. Eu sei que você ainda não recebeu todas as suas marcas, na verdade, ainda lhe falta uma. Você gostaria de pertencer ao seu tio Timothy? — Um sorriso genuíno se espalhou por seus lábios finos.

Minha pulsação começou a bater de forma irregular com as palavras ameaçadoras

— Talvez eu não te mate, talvez... — seus olhos brilhavam vermelhos — ...em vez disso, vou fazer de você minha serva. Matar Kane será muito fácil e então não terei que me apressar. Assim, posso saborear cada centímetro, cada momento, até você cair em meus braços.

— Toque em mim ou em Kane, e seu irmão, Eldon, irá matá-lo.

— Eu notei uma coisa sobre você. Seu perfume é melhor do que o de sua mãe. Até o sabor é melhor. Ela tinha um gosto mais duvidoso. Algo nela não me agradou.

Atordoada por suas palavras, meu coração afundou. — Você quer dizer que não foi Charles quem matou meus pais, no fim das contas?

— Não, pode ter parecido que sim, mas não, fui eu quem fiz isso.

Chega de conversa agora, estou cansado e você está me exaurindo com suas perguntas.

Com repulsa por suas palavras, eu queria matá-lo, mas sabia que perderia. Sua força, embora eu tivesse a de Kane, provara ser maior. Repetidamente na minha cabeça, gritei por Kane. *Timothy me pegou!* Olhei em volta, mas não vi nada. — Droga, ele é como um cachorrinho que me segue por toda parte, e quando eu o quero por perto, ele não está lá! — Eu sabia que estava divagando, mas não conseguia me conter.

— Mesmo se ele estivesse aqui, o que te faz pensar que ele te salvaria de mim? — Sua voz soou fria.

Eu tinha que enrolá-lo, mas como?

— Por que você matou meu bisavô? Ele era realmente tão terrível?

— Você é uma garota curiosa, não é? Não importa, eu sei o que você está fazendo, mas só vou permitir que o faça por algum tempo, e então não vou ouvir mais. Você deve me achar estúpido. Bem, temos todo o tempo do mundo... Para responder às suas perguntas patéticas, meu pai era dispensável. Ele não gostava muito de mim. Acho que era porque eu sempre me defendia, e naquela época crianças eram para serem vistas e não ouvidas, então eu o matei.

— Você não sente nenhum remorso pelo que fez? — Nossa, essa era uma pergunta incrivelmente estúpida. Sabendo que esta seria a última pergunta que eu poderia fazer, tentei pensar em outras maneiras de distraí-lo, mas nada me veio à mente.

Timothy riu alto. — Você é bem simplória, não é? A idiota da família, você desperdiçou meu precioso tempo e estou entediado com você. Embora desperdiçar tanta beleza seja um crime, tenho certeza de que vou superar isso.

Sua voz... completamente sem emoção me gelou. Eu sabia que precisava continuar protelando.

— Kane está vindo. Ele não vai gostar do que você está fazendo. — Antes que eu pudesse terminar, Timothy me mandou voando para trás, seis metros no ar, me fazendo bater com as costas nas rochas. Eu gritei de dor quando caí no chão frio.

— Você é uma idiota. Você pode ser compatível com Kane, em termos de inteligência, mas você não é nada comparada a mim. Está desperdiçando meu tempo. Estou com sede, e ter que lutar pelo meu jantar me deixa com muita raiva. Eu vou ter que te machucar um pouco — ele disse se inclinando para acariciar meu cabelo. — Depois que eu terminar, ainda terei tempo para descarregar minha raiva em você. E você arriscou isso para quê, para me atrasar? Candra, você não me conhece muito bem. Quando eu quero alguma coisa, eu a consigo, mesmo que minha presa decida fazer jogos estúpidos. Isso significa que a morte delas será muito mais horrível. Você deveria ter me ouvido desde o início quando eu disse para você... Não. Se. Mover.

Ele gritou suas palavras geladas na minha cara. Nesse ponto, sua mão agarrou minha garganta com força e ele me jogou no chão. Eu estremeci de dor.

— Não é muito divertido agora, é? Então, onde está seu Kane? Ele deixou você aqui para eu juntar os cacos? Que atencioso. — Ele me puxou em direção a ele até que ele ficasse sobre mim.

Eu tinha que fazer alguma coisa. Qualquer coisa! Então eu o chutei para longe de mim, mas em vez disso, ele bloqueou e agarrou minha perna, quebrando-a. A dor lancinante queimou com força e subiu pela minha perna até o quadril. Era assim que era morrer? Puro terror tomou conta de mim enquanto esperava pelo fim. Com os olhos semicerrados, eu vi seus olhos... Vermelhos. Ansioso para acabar comigo com tanto prazer, mas eu ainda não acabara de lutar.

— Kane! Eu gritei.

Eu não sei o que aconteceu então, mas Timothy saiu voando para trás. Eu me arrastei para trás até a rocha e vi que Kane o havia jogado através do cânion.

— Você sabia que ela era minha; você sabia disso muito bem e ainda assim ignorou meus avisos. Ela não era sua para matar. Sua parte no legado não é com ela. Sua parte terminou quando você matou seu pai. Terminou há muito tempo.

— Ela tem algo que eu quero: seu sangue. Quando eu matá-la,

serei capaz de eliminar a reivindicação de seu pai e de Charles ao legado dos Rosewood. As pessoas passarão a me conhecer. Ter medo de mim.

Sua batalha ficou embaçada diante de mim. Ambos se movendo em velocidades tão grandes. A certa altura, vi uma pedra enorme que parecia ter saído de um canhão quebrando em um milhão de pedaços ao atingir a parede do cânion. Timothy correu em direção a Kane, e novamente se tornaram uma massa de movimentos borrados acompanhados pelos poucos segundos fugazes em que qualquer um deles estava no chão. Árvores enormes estavam sendo quebradas como palitos de dente enquanto eles lutavam. Tentei me proteger dos destroços que voavam, mas alguns deles ainda me acertaram. Um galho afiado perfurou a manga do meu casaco, empalando-se profundamente no meu braço. Senti sangue escorrendo pelo meu braço.

Timothy, distraído pelo cheiro do meu sangue, ergueu a cabeça e respirou fundo. Pondo seus olhos de volta em mim, sua energia recarregou enquanto ele se preparava para atacar. Seu corpo mudou enquanto ele afundava em uma fúria de fome. Ele saltou sobre Kane, dando uma cambalhota no ar e pousou na minha frente.

— Hora do jantar. — Ele agarrou meu braço e me puxou em direção a ele em um movimento rápido. Este maldito não ia conseguir nada de mim se eu pudesse evitar, pensei, e cravei minhas unhas em seu rosto e puxei com força. Ele rugiu de dor, cobrindo o rosto por um momento, mas foi o suficiente para Kane. Ele pegou um pedaço de madeira afiado do chão e o lançou na direção das costas de Timothy. Seu rosto ficou branco acinzentado. Seus olhos se arregalaram de horror quando ele viu o que o tinha atravessado. Eu recuei quando ele começou sua queda mortal.

Kane acendeu um fósforo e o deixou cair sobre o vampiro morto. As chamas envolveram o corpo do meu tio. O cheiro de roupa, tecido, cabelo queimados e sangue encheu minhas narinas. Não consegui conter mais a náusea.

— Você está sangrando.

Depois, quando pensei que tinha terminado, consegui dizer: — Ssó fique longe. — Com uma perna à beira de virar geleia e a outra quebrada, tentei ficar de pé, o tempo todo mantendo meus olhos em Kane. A dor de onde Timothy quebrara minha perna era uma agonia, mas não ousei deixá-lo chegar muito perto. Com meu braço ainda sangrando, não conseguia esquecer a visão do que um vampiro é capaz de fazer quando sente o cheiro de sangue. É algo que acho que não vou esquecer tão cedo.

Tremendo, eu queria chorar. Eu tinha visto violência suficiente para durar o resto da minha vida. As lágrimas brotaram e escorreram pelo meu rosto. — N-não me toque, saia daqui. — Peguei uma pedra e a segurei em legítima defesa.

— Candra, acabei de te salvar e agora você quer jogar pedras em mim? Abaixe isso antes que você se machuque, meu amor. Não vai te ajudar, especialmente quando você tem apenas mais uma marca para receber e então eu vou terminar o que comecei.

Tive que me conformar com o fato de que não importava o que eu fizesse agora, as coisas não mudariam, eu seria marcada, quisesse ou não. Parte de mim queria que ele me marcasse, para me manter segura em um mundo que eu não entendia, a outra parte queria matá-lo.

— Estou tão farta de ouvir isso. Por que você tem tanta certeza? Por que você me tenta com isso, isso aumenta o seu ego?

Ele começou a se aproximar e eu joguei a pedra com todas as minhas forças, acertando-o bem no rosto. Uma ferida aberta em sua bochecha se curou instantaneamente. Kane sorriu.

— Eu disse que isso não ia te ajudar. Se você precisa de mais provas, vá em frente. — Ele se manteve firme com os braços ao lado do corpo e esperou. — Sabe, você é uma pessoa bem confusa. Em um minuto você me chama, e então fica irritada comigo a ponto de me atirar pedras. Eu gostaria que você se decidisse.

Exausta, me virei e saí mancando, descendo o caminho de volta ao meu carro.

— O quê, sem luta? Gosto de uma boa luta, principalmente com alguém tão bonita como você.

Eu parei no meio do caminho e o encarei. — Você quer saber de uma coisa? Eu chorei por você, isso mesmo, eu chorei por você quando você me largou aqui. Achei que tivesse ficado louca, mas agora posso ver que sou apenas uma idiota. Você é patético, e mesmo para um vampiro você é maluco. Se você fosse humano, seria, pelo menos nos meus livros, um imbecil. Você se acha o tal. Por Deus, apenas me deixa em paz, vá encontrar outra pessoa para marcar, estou cheia de você. — Virei as costas para ele e continuei voltando para o carro.

— Candra, não é tão fácil. Quando um vampiro quer um servo, de qualquer maneira, ele vence. Não há como escapar de mim, vou torná-la minha.

Ele apareceu abruptamente na minha frente. Aborrecida, eu dei a volta nele, ignorando tudo o que ele tinha acabado de dizer. Então mudei de ideia, voltei e dei um tapa em seu rosto. Ele agarrou minha mão e me encarou com raiva.

— Eu nunca serei sua serva ou serva de ninguém. Me solta, agora. — Eu tentei puxar meu pulso, mas como de costume, não consegui.

— Deixe-me dizer uma coisa. Eu não vou deixar você brincar comigo. — Ele dobrou meu braço a ponto de quase quebrar e o segurou lá.

— V-você está me machucando. Me solta!

— Você está me machucando com sua relutância, meu amor. Posso sugerir que você coopere um pouco mais? Caso contrário, não serei tão legal na próxima vez que nos encontrarmos. E *iremos* nos encontrar de novo. Isso eu juro a você. Eu sou tudo o que existe entre você e sua família. Eles planejam usar você para criar uma dinastia de vampiros, uma família que terá mais poder do que qualquer outra. — Ele empurrou meu pulso de volta.

— Eu não achei que os vampiros fossem capazes de ficar magoados. Por que você simplesmente não termina o que já começou, três vezes para ser mais exata, para que eu possa seguir em frente com a minha vida? — Eu esperava que ele não fizesse isso, mas escolhera a hora errada para provocá-lo.

— Por mim tudo bem, Candra, se é isso que você deseja. Eu espe-rava termos um momento mais agradável. Você sabe, quando seria mais significativo para nós dois. — Ele colocou a mão na minha boca. Ele deve ter adivinhado que minhas próximas palavras não seriam agradáveis.

— Em vez de disparar insultos, você poderia tentar ser mais afetu-osa. — Tirando a mão da minha boca, ele segurou minha mão e a beijou.

Eu rapidamente limpei minha mão no meu casaco. — Eu prefiro que você não faça isso, se você não se importa. Sua companhia costuma me enojar o suficiente.

— Eu acho que vou deixar você em paz. Este não é o momento nem o lugar para torná-la totalmente minha. No entanto, espero que você seja pelo menos civilizada na próxima vez que nos encontrar-mos. Isso seria possível?

— Não tenha muitas esperanças; Não estou, como você diz, impressionada com sua noção mal concebida de um namoro. — Então, em um tom meio vertiginoso cheio de sarcasmo, eu disse: — Mal posso esperar para te ver de novo... Adeus. — Eu o deixei parado lá, mas no fundo eu estava grata pelo descanso que ele me dera.

TREZE

Entrei no carro e bati a porta. — Ai, Deus, como aquele homem, não, aquele monstro, me irrita demais! — Embora eu deva dizer, eu não me saíra muito mal me defendendo dele. Mamãe teria ficado orgulhosa de mim. Liguei o carro e voltei para a casa do Sr. Bennet.

Kane não me deixou em paz, no entanto. Ele invadiu minha mente com palavras de carinho, então liguei o rádio, aumentei o volume e comecei a cantar para abafar sua voz. O sol tinha começado a se pôr quando eu cheguei. Meu tio Eldon estava parado na porta esperando por mim.

— Você demorou... Você está ferida! O que aconteceu?

— Eu estou bem, foi apenas um par de vampiros destruindo o Parque Estadual, só isso. Acontece que eu estava no caminho dos destroços voadores. Vou entrar para fazer o jantar. Você quer? Não, obviamente não. Você está em uma dieta líquida, não é, tio?

— Candra, por acaso você se encontrou com Kane?

— Sim, ele é um dos vampiros que encontrei, ou melhor, acho que fica melhor chamá-lo de filho da puta. Sim, o filho da puta estava lá junto com seu irmão, Timothy. Meu tio, seu irmão, tentou me matar. — Passei por ele deixando o tio Eldon na varanda fria.

Eu ouvi a porta da frente fechar. O Sr. Bennet correu para descobrir o que havia acontecido e se eu precisava de cuidados médicos.

— Suas feridas são profundas? — Ele tentou olhar para o meu braço, mas eu o empurrei para o lado. Os cortes não eram muito profundos e minha perna havia parado de doer no caminho de volta. Sua preocupação só me irritou.

— A única ferida que tenho que é profunda está no meu coração e você não pode consertar isso. — Relutantemente, emendei: — E-eu vou ficar bem. Elas não são profundas.

— Então, se você não se importa, pode me dizer por que meu maldito irmão queria você morta?

— Quer dizer que não sabe? Achei que você soubesse de tudo... Desculpe, estou apenas cansada, cansada de todos esses eventos dramáticos que continuam acontecendo na minha vida. Preciso respirar, mas não importa aonde eu vá, acabo em um capítulo completamente novo de acontecimentos assustadores. Eu quero minha vida de volta, mas isso não vai acontecer, vai? — Bati uma panela no fogão. Respirando fundo, tentei recuperar a compostura. Meu tio queria dizer mais, eu sabia, mas ele sabia que se dissesse, a panela seria um novo apêndice de seu corpo, então ele apenas esperou que eu me acalmasse.

Sem olhar para ele, continuei. — Fui fazer uma caminhada em Starved Rock, meus pais e eu costumávamos fazer isso. Achei que poderia limpar minha cabeça e me ajudar a descobrir o que precisava fazer para tornar minha vida melhor, ou essa era a ideia. Quando cheguei ao Cânion LaSalle, lá estava Timothy. Ele se parecia com Kane. Seu irmão me fez acreditar que estava vendo Kane. Eu só me dei conta de que não era ele quando ele disse algo para mim que me chamou a atenção e me fez acordar. Ele disse algo sobre... Que eu não deveria me mover porque, se o fizesse, iria doer, ou pioraria as coisas, algo nesse sentido. Ele planejava me morder, mas então me lembrei do que você disse sobre ter três marcas. No fim, uma vez que descobri que ele não era Kane, ele voltou a ser ele mesmo. — Fiz uma pausa, ainda chocada e desejando não ter que reviver tudo aquilo.

— Para resumir, Kane chegou lá e o matou... fim da história. Isso é tudo o que quero dizer. Se eu falar mais, eu vou ficar irritada novamente, e você não quer isso.

— Bem, estou contente... Estou contente que você esteja bem. Deixe-me te ajudar com isso.

Ele foi até o armário e pegou um pouco de sopa, enquanto eu pegava o pão e começava a cortá-lo. Eu sabia que ele estava louco para tirar a faca de mim porque eu cortei o pão de forma irregular. Aposto que ele pensou que eu iria cortar meu dedo ou, pior ainda, descontar minhas frustrações nele. O bom senso deve ter dito a ele para manter distância. Trabalhamos em silêncio e isso continuou durante todo o jantar. Nenhum de nós tinha vontade de falar. Comi minha sopa enquanto ele me observava. Preocupação irradiava dele. Só depois que nós dois entramos na sala é que comecei a falar.

— Eu sinto muito por ter sido tão covarde. Você sabe, quando eu estava... Meu Deus, tenho até vergonha de dizer isso, quando eu estava me acabando de chorar pelo estúpido do Kane. Você sabe que eu não tenho medo dele. Eu o acho irritante.

— Você tem que lembrar que ele é muito mais velho do que você e, naquela época, os homens falavam de maneira diferente sobre as mulheres. Sei que ele vive no mundo moderno há algum tempo, mas, Candra, pelo que sei dele, ele é uma pessoa decente, está apenas um pouco errático no momento.

— No momento? Pelo que eu percebi, ele já está ferrado há muito tempo; seria de pensar que ele superaria isso.

— Faça algo por mim. Volte e reviva o momento em que estava "se acabando de chorar", como você disse, por causa de Kane. Lembre-se de como você não suportava não vê-lo, e que realmente sentiu sua falta. Lembre-se da dor que você sentiu por dentro, foi assim para ele no início também. Você, tenho que admitir, é mais forte do que ele jamais foi, e acho que foi por isso que ele a escolheu para ser sua serva humana. Além disso, você esquece que ele prometeu aos seus pais que cuidaria de você. Ele é um homem honrado e vê marcá-la como sua melhor opção para protegê-la.

— Isso é outra coisa, essa história de serva... Eu disse para ele na lata que nunca serei serva dele ou de ninguém enquanto viver. Não estamos mais na década de 1860, pelo amor de Deus. As mulheres têm direito ao voto, não ficamos mais em casa esperando que nos digam o que fazer ou pensar.

— Perdoe-me por dizer isso, posso entender sua raiva, mas não é bem assim. Você não vai ser escrava dele, obrigada a cumprir suas ordens. Candra, é muito raro e um privilégio honrado ter essas marcas concedidas a alguém. Kane não está dando a você essas marcas por rancor. Ele está genuinamente atraído por você e acredita que essa é a única maneira de protegê-la. No momento, você está muito vulnerável a ataques de qualquer outro vampiro mestre que queira você. Apenas quando a última marca lhe for dada, você não estará mais vulnerável a outros vampiros.

— Você quer dizer que Timothy estava tentando me marcar, e não me matar? Não, isso não está certo, Timothy queria me matar e ele admitiu ter matado minha mãe. Espere um segundo... Por que é que você de repente está agindo como se eu devesse estar feliz com essas marcas? Não foi você que tentou me proteger delas em primeiro lugar e que... — Comecei a perceber que papel o Sr. Bennet desempenhava no grande esquema das coisas.

— Agora entendi qual é a sua, você é conivente com tudo isso, e eu caí nessa, como uma pata. Você me fez pensar que... E você fingiu que não podia...

— Não, espere, você está com a ideia errada. Para resumir, ele estava definitivamente tentando matá-la, o Timothy, e eu não lhe dei nenhuma ideia errada sobre querer ajudá-la. Sempre fui fiel à minha palavra e às minhas ações. A única razão pela qual eu mudei de ideia, por assim dizer - e não estou glorificando toda a questão da marca - é apenas para explicar a você que, no meu mundo, é uma honra ser marcada, embora EU possa ver o seu lado das coisas. Eu acredito, também, que você está contra a parede quando se trata de lutar contra Kane nisso. Você não vai ganhar, embora pense que pode vencê-lo. Você vai acabar perdendo. Então, acho que você deveria pensar um pouco.

Eu entendi o que ele queria dizer, mas por baixo disso estava a verdade oculta, que ele não me revelaria, pelo menos não ainda. Eu acabaria descobrindo, e definitivamente acabaria com ele quando chegasse a hora.

— Entendo. Bem, vou pensar um pouco.

— É uma decisão, mas na qual você não tem muito o que dizer. Kane quer você e ele vai tê-la, não importa o quanto você lute contra ele. Estou surpreso que ele tenha deixado você afastá-lo da maneira que fez. Suspeito que seus motivos são pessoais e que ele está tentando ganhar seu afeto, para mostrar que ele não é uma pessoa má. Você já foi marcada três vezes, você faz parte deste mundo agora, e para sempre, temo. Mesmo que você deteste o homem, você ainda está em perigo de outros vampiros que possam querer marcá-la e eles podem não estar tão apaixonados quanto Kane. Na verdade, eu consideraria isso, se fosse você. — Ele me observou, seu humor pensativo e um pouco cauteloso. Eu sabia que ele se perguntava se eu acreditava nele. Eu tinha certeza de que agora sabia o que ele vinha fazendo todo esse tempo, mas fingi acreditar nele.

— Sim, ele me disse isso, mas... isso seria como se eu estivesse desistindo. Como se eu fosse fraca e vulnerável, e não sou nada disso. Meus pais me criaram uma pessoa forte e autossuficiente.

— É isso mesmo, você não é fraca. É por isso que Kane escolheu você. Você provou a ele que é muito mais do que qualquer outro ser humano. Você é especial. Devo admitir, eu tinha minhas dúvidas sobre ele. Na verdade ainda tenho, mas acho que... Não, eu sei que suas intenções são honrosas, por mais tolo que isso possa parecer agora.

Parei. — Então eu deveria estar feliz, porque esta é a maneira que ele escolheu para me proteger, apenas para que ele possa terminar sua rivalidade com Charles? Bem, isso é um belo presente, se você quer saber. Estou chorando de emoção, tio Eldon, nossa. — Levantei-me e saí da sala.

— Candra, espere, não é assim!

Virando-me, eu olhei para ele. — Então como é que deve ser? Hein? Me diga, porque realmente quero entender por que eu deveria ser grata por isso. De todas as outras mulheres, ele me escolheu para ser sua maldita serva. Eu não entendo, tio Eldon, realmente não entendo.

— Candra, ele pode te dar tudo o que ele tem e possivelmente mais. Sua marca final permite que você se torne imune à voz dele ou de qualquer outro vampiro, a qualquer comando que ele possa fazer a você, e até mesmo a seus olhares.

Eu parei. Estática. — Diga isso de novo, lentamente.

— Eu disse que você se tornará imune a sua voz, comandos e olhares, mas o mais importante é que isso funcionará para todos os outros vampiros também.

— Eu ouvi. Obrigada por esta informação, tio Eldon. Acho que vou subir e refletir sobre o que você me contou. Boa noite. O que me intrigava agora era isso: por que Eldon não tentara me marcar? Subi para o meu quarto. As conversas da noite se repetiam indefinidamente em minha mente enquanto eu me despia e me deitava. Eu descobri outra coisa também: com que facilidade eu caia em um sono profundo.

CATORZE

Quando acordei na manhã seguinte, senti como se as engrenagens tivessem começado a girar em minha cabeça e um peso tivesse sido tirado de mim. Voltei para o escritório para procurar nas prateleiras por mais alguma coisa que pudesse ajudar.

Tenho que encontrar alguma informação que eu possa usar como arma ou qualquer coisa que me ajude a prevenir outro ataque. pensei. Eu folheei livro após livro, ficando cada vez mais impaciente, conforme hora após hora passava. — Isso é inútil; por que ainda estou fazendo isso? Não tenho ideia. — Fiquei imóvel, enquanto um estupor sonolento me dominava. Kane, ou outro vampiro, tentava chegar até mim, de novo.

— Não está nos livros... É o que você já tem... Despertará quando chegar a hora certa.

Eu cambaleei instável no lugar, enquanto lentamente voltava a mim. Eu me perguntei o que era que eu já tinha e quando saberia que era a hora certa? A confusão acima de tudo me deu uma grande dor de cabeça.

Frustrada com minha inatividade e querendo fazer algo, peguei meu casaco e minha bolsa e saí pela porta. Corri para o meu carro.

Me sentia energizada e, ao mesmo tempo, assustada. Isso era o que eu precisava fazer para enfrentar Charles, Eldon e Kane, para ter minha vida de volta. Saindo da garagem, me perguntei quando Kane tentaria se encontrar comigo novamente. No passado, ele sempre apenas aparecia quando eu menos esperava.

E se eu não estivesse pronta quando ele decidisse me visitar? E se ele viesse no meio da noite quando estou dormindo para terminar de me marcar? Seria eu quem iria encontrá-lo desta vez, não o contrário. Desta vez eu estaria no controle. Era hora de resolver o problema com minhas próprias mãos e ouvir de Kane exatamente quais eram suas intenções comigo e qual era seu plano para lidar com Charles e os outros vampiros da minha família.

Parei na frente da minha casa e saí do carro. O que eu não daria para ser uma garotinha de novo, quando a vida era mais fácil e os vampiros eram apenas uma coisa que eu lia nos livros. Quem diria que eu seria filha de um?

Olhei em volta por um minuto, mas Kane não estava aqui. Meu estômago roncou um pouco, então eu dirigi até a cidade para a lanchonete. Eu precisava, mesmo que apenas por um curto período, me cercar de normalidade. Ela não estava muito cheia e encontrei um lugar no estacionamento em frente. Ao sair, senti uma sensação perturbadora no estômago. Eu sabia que não era fome. Mais como um aperto em torno do meu diafragma. Agarrei a maçaneta para não cair. A dor se intensificou e eu senti como se fosse desmaiar. A garçonete me viu e veio em meu auxílio. Eu me perguntei se alguém sabia que a outra garçonete estava morta e se esta garçonete, mais velha, e esperançosamente mais sábia, acabaria como uma vampira também.

— Você está bem, querida? Posso te ajudar? — Ela tinha uma expressão de preocupação genuína em seu rosto e me consolou a ideia de que finalmente alguém se sentia realmente preocupado comigo.

— Não, eu acho que vou ficar bem. Eu só preciso me sentar. Você pode me trazer um copo d'água, por favor?

Ela me ajudou a entrar na lanchonete e eu tropecei até a mesa mais próxima. A dor parecia ter diminuído por enquanto e eu me perguntei se algo estava seriamente errado comigo, ou talvez... fosse apenas o estresse das últimas semanas.

Pedi uma sopa, um sanduíche e um chá gelado. Isso parecia ser leve o suficiente.

Uma mulher, mais ou menos da mesma idade da minha mãe, se aproximou e se apresentou. — Olá, você deve ser Candra Rosewood, certo?

— Sim, eu sou.

— Só queria dizer o quanto lamento saber da morte dos seus pais, deve ter sido horrível para você. Já descobriram o que aconteceu com eles?

— Não exatamente. Têm algumas ideias, mas nada substancial. Por enquanto, acreditam que as mortes de meus pais foram de causas naturais. Como você conhecia eles?

— Oh, sua mãe e eu éramos amigas há muito tempo. Estudamos juntas na escola. Fiquei tão chateada quando li no jornal sobre suas mortes, mas, nossa, aqui estou eu tagarelando sem pensar quando você ainda deve estar de luto. Me desculpe se eu a chateei.

— Não, não está tudo bem, mesmo. Já aceitei a situação, pelo menos por enquanto. Minha casa...

— Sim, alguém me falou sobre isso. Disse que deve ter sido um vazamento de gás. Você realmente está em uma maré de azar, não é?

Eu balancei a cabeça automaticamente em concordância, — Sim, você poderia dizer isso. Se você não se importa, posso lhe fazer uma pergunta?

— Claro, vá em frente, querida. Não tenho certeza se poderei lhe dar a resposta que você deseja, mas vou tentar.

— Bem, meus avós, você os conhecia? — Eu esperava que sim. Ela conhecera meus pais na escola, então eu cruzei meus dedos com força.

— Os pais de sua mãe morreram anos atrás, em um acidente de carro, pouco antes de seus pais se casarem. Ou você se referia aos pais de seu pai, Charles e Prudence Rosewood? Bem, eu só os encontrei uma vez e isso foi há muito tempo. Não tenho certeza, acho que eles mudaram de estado, mas posso estar errada. Minha memória não é tão boa quanto antes, você entende.

— Eu entendo, mas você tem alguma ideia de para onde eles foram? Que estado?

— Quer dizer que não sabe? É tão triste quando as famílias perdem contato. Bem, deixe-me ver... Não, não posso dizer que eu saiba. Lembro-me de sua mãe dizendo que se aposentaram e deram a casa para seu pai. Desculpe, era algo importante que você precisava saber? Estou surpresa que eles não tenham vindo ao funeral ou talvez não tenham ficado sabendo — disse ela, levemente horrorizada com a ideia. Sua voz era tão suave e doce que eu queria abraçá-la, mas guardei esse pensamento para mim. Eu não queria assustar essa mulher.

— Meus pais nunca falavam sobre sua família. Mas muito obrigada pela ajuda. Mesmo. — Levantei-me da mesa e paguei meu almoço. A dor parecia ter passado agora. Eu imaginei que a mistura de estresse e fome a tivesse causado.

Lá fora, o dia parecia ter esfriado e eu senti como se tivesse batido em uma parede de gelo. Entrei no meu carro e o céu escureceu enquanto eu dirigia pela rua. Ligando o rádio, apertei o botão da estação meteorológica... nada. Tentei mais uma vez... nada. — O que diabos há de errado com este rádio? — Eu dirigi para fora da cidade e para longe da pequena comunidade da qual eu nunca fizera parte. Agitada, dei uns socos no painel, sem prestar atenção para onde estava indo, e o carro bateu em algo.

— Ai, meu Deus! Ai, meu Deus! — Em que quer que fosse que eu havia batido quicou no topo do carro e depois caiu. Parei e olhei pelo espelho retrovisor. Alguém estava caído na estrada. Eu engasguei e saí do meu carro e corri em direção à pessoa. Era uma mulher, mas o que despertou minhas suspeitas foi que ela se vestia estranhamente, como se o tempo frio não a incomodasse nem um pouco.

— Mas o que... — Abaixei-me para ver se a mulher ainda tinha vida quando uma rajada de vento envolveu seus braços gelados ao meu redor. Por algum motivo, uma pontada de medo começou a se formar. Isso me enervou, porque parecia que alguém tentava me puxar para longe. Me obrigar a voltar para o carro e dirigir o mais rápido que eu pudesse. Confiando no meu instinto, corri de volta para o carro e entrei. Meu pulso disparou quando olhei por cima do ombro. A mulher se fora. O pânico estava se acumulando dentro de mim e tudo que eu conseguia pensar era em dar o fora de lá, e rápido.

— Ok, algo está definitivamente errado aqui, mas eu não quero descobrir o quê. — Girei a chave, mas a ignição não ligava, a bateria havia acabado.

— Maravilha! Muito bom mesmo! A bateria acabou, estou aqui nesta estrada deserta, a quilômetros de qualquer coisa, e eu bati em uma pessoa que simplesmente desapareceu. — Olhei à minha volta. A sensação de estar sendo observada me dominou.

— Onde você está indo, Candra? — Veio a voz, estranhamente suave ao soar no carro pelo lado de dentro. Incapaz de resistir à vontade de olhar, virei minha cabeça bruscamente em direção ao banco do passageiro. Fiquei cara a cara com a mulher que estivera deitada na estrada atrás de mim. Eu a tinha visto antes, na pintura da casa do meu tio.

— Como você entrou e quem é você?

A mulher me olhou nos olhos.

— Alguém do seu passado, você não me reconhece, Candra? Eu conheço você. — Suas palavras, como eletricidade estática, me chocaram, enviando a corrente pelo meu corpo. Entrei em pânico.

— F-foi mal. Se você me der licença, eu preciso ir? — Tentei virar a chave novamente, mas nada. Uma dor fraca, mas ficando mais forte, se instalou em meu estômago.

— Candra, estou surpresa com você. Ora, você não consegue adivinhar quem eu sou? Eu sou sua avó. — Sua mão se aproximou e tocou a minha. Estava fria, como Kane, mas não era nada reconfortante como seu toque. Eu não estava sentindo nenhum sentimento afetuoso desse membro da minha família.

— Você não pode ser minha avó. — Tentando me mover com mais força, descobri que a dor começara a se espalhar e piorar.

— Ah, mas eu sou. Estou aqui para avisá-la que, se você continuar sua associação com Kane, vou dar um fim, não só nele, mas também em você. Ele não é família e você é. Você pertence a nós, não à sua espécie.

Eu não entendi o que ela quis dizer com *sua espécie.* — Ele é um vampiro como você, ele... — O carro começou a se mover por vontade própria.

Eu respirei fundo e engasguei, sentia como se não conseguisse colocar ar em meus pulmões. Em pânico, agarrei-me ao volante enquanto o carro disparava em alta velocidade. Freneticamente, tentei desligar a ignição, mas descobri que não estava ligada. A dor se intensificou.

— Ai meu Deus, o que você está fazendo? — Eu queria agarrar meu estômago, mas a velocidade do carro chegou a cento e vinte e então a cento e quarenta quilômetros por hora e continuou a aumentar. Eu tinha que fazer o possível para não bater em nada, mas a dor aumentou tanto que fiquei tonta e à beira de desmaiar.

Ai Deus, por favor não agora, mantenha o foco, mantenha o foco. — Por favor, você tem que parar com isso. Acho que não consigo mais dirigir. — Eu rapidamente olhei para ela. O medo, forte e vívido, brilhou em meus olhos.

— Certifique-se de me obedecer. Isto é, se deseja viver, Candra. — Assim como Timothy, seus olhos ficaram muito pretos. Suas unhas, tão perfeitas quando ela me tocara antes, agora eram grosseiramente longas e pontiagudas.

— Você tem que parar o carro ou nós duas vamos morrer!

Rindo alto, ela respondeu: — Nós duas vamos morrer? Já estou morta, mas você não. Você sabe o que fazer para viver. Prometa-me, Candra; prometa-me agora que vai esquecer este Kane. — Traçando meu rosto ao longo do queixo com a unha, ela pressionou com mais força, forçando a pele a se abrir e sangrar.

— Eu-eu prometo, eu prometo! Apenas pare este carro. Não consigo mais controlar! — O carro, agora fora de controle, balançou da esquerda para a direita, por pouco não acertando as árvores que se alinhavam nos dois lados da estrada.

— Bom, então farei o que você quiser. — Quando ela levantou a mão, o carro diminuiu consideravelmente de velocidade até parar a poucos centímetros de uma árvore. — Lembre-se, Candra, você vai esquecer o Kane. — Ela foi embora. Abalada e chateada, desabei e chorei.

Ocorreu-me que, se ela era mesmo minha avó, ela acabara de avisar a pessoa errada. Ela deveria estar avisando Kane. É ele quem não me deixa em paz, não o contrário. O que eu desejava mais do que tudo agora era que eles me deixassem em paz, mas de alguma forma eu não achava que isso aconteceria. De alguma forma, eu me tornara um peão em um jogo que não entendia. Timothy queria que eu morresse porque eu estava no caminho de algo que ele queria. Kane estava empenhado em me manter viva porque prometera aos meus pais. No entanto, Kane também queria se vingar da minha família. Então, o que me tornava tão importante para todos eles?

QUINZE

Não prestei muita atenção à hora, mas o sol estava quase se pondo quando meu choque com minha experiência de quase morte passou e eu pude dirigir para casa. Virei a chave lentamente e o carro deu a partida, funcionando exatamente como deveria. O motor não disparou, nem decolou sozinho. Eu coloquei em marcha ré e recuei da beira da estrada. Assim que me endireitei, coloquei o carro em movimento e voltei para casa.

— Ok, apenas volte para a casa do seu tio; não pense em nada além de voltar para casa. — Mantendo uma velocidade razoável, meu único objetivo era voltar inteira e ir direto para o meu quarto... sem sofrer um interrogatório do meu tio.

Mais à frente, vi os pinheiros que cercavam a casa. — Quase lá, só mais alguns metros e estarei segura em casa. — Essas palavras eram como música para meus ouvidos. Virei à direita e passei pela parede de árvores. Estava escuro e as luzes da casa estavam apagadas.

— Ai, por favor, outra surpresa, não. Não aguento mais surpresas, realmente não aguento. — Desliguei os faróis e a ignição. Quando saí, nada parecia fora do lugar, então me dirigi cautelosamente para a porta. O que mais me preocupava agora era que algo estivesse acontecendo lá dentro. Sem nenhuma arma para me ajudar, orei pedindo forças. Decidi não chamar o Kane.

Tudo ainda estava estranhamente quieto. Permaneci calma, ou assim pensei. — E se isso for um sonho? — Pegando um pouco de pele entre os dedos, apertei com força. — Ai! Ok, então eu não estou sonhando. — Eu destranquei a porta e entrei. A casa estava gelada por dentro, o que era estranho porque meu tio sempre mantinha a casa quente para meu conforto.

— Olá? Sr. Bennet, quero dizer tio Eldon, está em casa? Por que está tão frio aqui? Tio, onde você está? — Andei na ponta dos pés no escuro até encontrar o interruptor de luz. Fui acender as luzes... Nada. — Ai... de novo não, por favor, de novo não. — Por dentro, a casa estava tão negra quanto o céu lá fora. Tentei muito me concentrar enquanto passava pela escada. Eu olhei para cima, mas decidi que seria um grande erro subir no escuro e continuei. Pelo que pude sentir, nada estava errado; sem barulhos de qualquer tipo, mas ainda assim, senti que algo estava errado.

Um barulho alto vindo do porão me deu um motivo para congelar. Prestando atenção em quaisquer outros ruídos, tentei pensar no que poderia usar como arma, só para garantir. Eu ouvi passos vindos do porão. Na escuridão, minha mão estendida encontrou o sofá. Eu me escondi atrás dele... e esperei. A porta do porão rangeu assustadoramente. Os passos continuaram cada vez mais perto enquanto eles se dirigiam para a sala onde eu me escondia. Escutando, eu prendi a respiração, tentando não gritar até que eles estivessem bem perto de mim. Eu rodei minha bolsa com força e ela se conectou a algo ou alguém. Um grito alto ecoou na sala e eu saí correndo.

— Pare! Candra... Mas que droga... Candra! Volte aqui, menina.

Percebendo agora de quem era a voz, eu parei. Quando as luzes finalmente se acenderam, vi que havia acertado meu tio.

— Ai, eu sinto muito. — Na verdade, não. Ele teve o que merecia. — Achei que você fosse um ladrão! Por que as luzes estavam apagadas?

— Eu desci, porque... Com o que você me bateu? — ele disse esfregando a perna.

— E-eu bati em você com isso. — E ergui minha bolsa.

— O que você tem aí dentro? Um tijolo? O fusível havia queimado, então desci as escadas para consertá-lo. — Um vergão do tamanho de uma moeda se formara em sua canela.

Sentei-me e observei-o tocar o inchaço com cuidado. Foi bom ter batido nele com força e em um lugar onde quase nenhuma gordura cobria o osso. Um sorriso apareceu no meu rosto.

— Pronto, como novo!

— Então, Candra, o que você fez o dia todo?

— Eu não quero falar sobre isso com você. Só vai se transformar em uma longa discussão, e não estou com humor para isso. Então, se você me der licença, acho que vou encerrar a noite, e espero conseguir dormir um pouco. Boa noite, tio Eldon.

— Acho que não foi tão boa assim. — Eu não respondi e fiquei feliz por ele ter decidido não insistir. — Boa noite, Candra. — Ele provavelmente sabia que algo havia acontecido apenas pelo som da minha voz e ele descobriria o que era mais cedo ou mais tarde. Decidi que mais tarde era melhor para mim. Ele já devia saber. Além disso, pensei que talvez ele pudesse estar trabalhando em conjunto com a mulher que eu agora acreditava ser minha bisavó paterna, a mãe dele.

No meu quarto, sentei-me na beira da cama e olhei pela janela. A lua estava brilhante agora, as nuvens haviam se dissipado e raios de luz, como dedos de um fantasma, fluíam dos galhos do carvalho. Ficava do lado de fora da minha janela.

— O que devo fazer...? Não sou do tipo assassino, mas não posso deixar que continuem a me aterrorizar, ou posso?

Lembrei-me do que a mulher, minha bisavó, me dissera e isso pesou muito para mim. Exausta demais para pensar, eu me despi e me enrolei em meus cobertores. Eu mantive a luz acesa. Razões de segurança, eu disse a mim mesma, mas na verdade, eu estava apenas sendo covarde. Não que a luz elétrica fosse parar minha família ou Kane, mas me fez sentir mais segura.

Foi um sono profundo. Um muito necessário. E um sonho passou pela minha cabeça... ou assim pensei. Em meu sonho, olhei para cima e o vi. Ele ficou de pé ao lado da minha cama... me observando.

— Eu disse que voltaria. Você não acreditou em mim, Candra.

Ele caminhou lentamente para o lado da minha cama e se inclinou, perto do meu ouvido. — Candra, está na hora.

Eu me mexi um pouco e rolei para o outro lado.

— Candra...

— Vá embora, tio Eldon, não quero falar sobre minha avó com você... Apenas me deixe... — E voltei a dormir.

O sonho continuou. Ele se ajoelhou ao meu lado e acariciou minha bochecha suavemente. Seus dedos frios deixaram trilhas geladas em minha pele, me acordando, enquanto meus olhos se abriam para ver o que ele queria. A chama ardente que vi em seus olhos me pegou de surpresa.

Imediatamente, ele colocou o dedo sobre meus lábios e disse: — Shhh, você não deve fazer barulho. Está na hora, Candra. Sinto que a hora está sobre nós e não podemos esperar mais. Venha.

Quando me levantei, seus modos me acalmaram. Ele deu um passo à frente e me abraçou com força. Os contornos de seu corpo magro moldavam-se perfeitamente ao meu e era como se tivéssemos sido feitos um para o outro.

— Seu cheiro está maravilhoso, mais do que nunca. Sim, é a hora certa. — Seu olhar caiu para a extensão cremosa do meu pescoço. O toque de seus lábios frios contra minha pele foi mais do que eu poderia suportar. Meu coração disparou e minha pulsação martelava a cada toque. Fechei meus olhos gemendo de prazer.

Ele sussurrou para mim, sua respiração fria contra minha pele — Vejo que você está mais receptiva aos meus avanços, o que é bom, muito bom mesmo. — Seus braços me envolveram, uma mão na parte inferior das minhas costas, a outra me segurando cativa em seu abraço frio. Meu desejo, provocado por sua natureza irresistível, alimentou minha curiosidade e meu corpo ficou excitado. Ele beijou o oco pulsante do meu pescoço, enviando pequenos, mas poderosos choques de êxtase por mim. Meus joelhos enfraqueceram. Rosnados baixos e guturais soaram em sua garganta enquanto ele deslizava minha camisola do meu ombro. Ele despertou minha paixão e eu pude sentir a dele ficar mais forte. O toque de seus dentes na minha pele me fez engasgar. Eu sabia que, se o deixasse continuar, seria o fim. Eu deveria ter desejado que ele parasse, mas ele me fez sentir tão viva que não pude resistir.

Os lábios que provocavam minha pele já sensível deram lugar a uma emoção nova e excitante. A antecipação prolongada era quase insuportável. Sedução parecia ser seu forte, como com a maioria dos vampiros, mas isso — eu nunca experimentara nada igual — sua língua enviou arrepios de desejo por mim enquanto ele gentilmente provava minha pele. Quanto mais meu desejo aumentava, mais eu podia sentir sua sede quase insaciável aumentar. Jogamos com os desejos e emoções um do outro, transformando nosso êxtase em uma paixão incontrolável.

Ele colocou o pulso na boca e mordeu. O sangue gotejou da ferida aberta e cobriu seu pulso como veludo vermelho. Seu cheiro chamou minha atenção e eu agarrei seu braço. O cheiro era tão forte, tão incrivelmente delicioso para todos os meus sentidos que imediatamente comecei a sorver e lamber a ferida. Kane estremeceu incontrolavelmente, enquanto pronunciava as palavras da minha quarta e última marca.

— *Sange din sangele meu, carnea mea de carne si oase, doua minti, unsingur trup, doua suflete sa alaturat ca unul* — Estava terminado. Eu era eternamente dele.

Ele me ergueu em seus braços e me colocou suavemente na cama. Esqueci tudo o que tinha planejado fazer e sucumbi à necessidade dele por mim.

Horas se passaram quando acordei do meu sono. Kane, que estava ao meu lado, ainda dormia. Ele não me sentiu sair da cama, e enquanto estava perto da janela, olhei por cima do ombro para onde ele estava, incrivelmente deslumbrante, mas havia aquela parte humana de mim que ainda queria odiá-lo. Eu me perguntei como isso poderia ser. Eu ponderei se meus pais teriam sabido como ele planejava me manter a salvo do resto da minha família.

Ele lutara para me conquistar e lutara contra Timothy por mim. Ele me tentava de maneiras que eu nunca imaginei. Elas eram embriagantes. Ele parecia tão em paz enquanto dormia. Nem um pouco como um monstro... Apenas adorável. Lindo. Inocente também. Lembrei-me de seu toque em meu corpo e da dor e êxtase de sua posse. Sua paixão por mim fez meu corpo arder por seu toque mais uma vez. Essa atração seria perigosa. Tinha suas desvantagens, mas agora tudo estava intensificado, até o amor, e eu não podia resistir a ele, nem poderia voltar a como as coisas eram. Eu tinha que seguir em frente.

Kane acordou e vi uma mudança notável.

— Volte para a cama, meu amor; venha aquecer meu coração novamente. — Ele levantou as cobertas e eu vi como seu corpo era magnífico, magro e duro. Fiquei encantada com o que vi e tentei não ser pega olhando para ele, mas não conseguia desviar o olhar. Algo sobre ele me fascinava. Era muito fácil se perder na maneira como ele olhava para mim e no desejo que via em seus olhos. Ele me tirou o fôlego porque não pude resistir ao amor que nunca soubera que existia até este momento.

Eu sorri. — Aquecer seu coração? Isso é irônico, vindo de alguém tão frio quanto o gelo. — Senti o poder que crescia dentro dele enquanto me aproximava. Tudo sobre ele agora era meu para possuir. Parei na beira da cama e esperei.

Precisei de todas as minhas forças para me conter e não devorá-lo ali mesmo. — Então, como devo aquecer seu coração?

Sua mão deslizou pelo meu braço e apertou meu pulso, gentilmente me puxando para ele, de volta para a cama.

— Você tem uma memória tão curta. Deixe-me lembrá-la. — Ele sorriu. Tomando meus lábios novamente, ele me apertou contra si com tanta urgência que seus beijos enviaram novas espirais de êxtase através de mim.

De repente, percebi que, embora tivesse dado tudo a ele, toda a paixão que tinha e o amor que não conhecia, ele fizera o mesmo por mim. Toda aquela coisa de serva e vampiro não significavam nada agora. Ele era, e espero que sempre seja, meu único amor.

DEZESSEIS

Encontrei o tio Eldon sentado em sua cadeira de couro em seu escritório. A primeira tempestade real do inverno assolava do lado de fora enquanto a Mãe Natureza atacava com seu veneno. Era uma visão notável. A terra, agora lindamente vestida de branco, escondia toda a desordem que o outono trouxera consigo. Observei, enquanto a fumaça saía de seu cachimbo, espalhando-se pelo ar.

— Bom dia, ou devo dizer, boa tarde? — Eu fiquei na porta. Eu pude dizer imediatamente que ele sabia.

— Ele terminou, não foi? Quando? Ontem à noite, deve ter sido.

— Eu não entendo por que você está tão chateado; isso é exatamente o que você queria. A menos que tenhamos acordado você e, se for esse o caso, então eu acho que sinto muito. — Minha inocência de olhos arregalados era apenas uma cortina de fumaça para as coisas que viriam. Eu queria machucá-lo, atacar e me vingar dele aqui e agora.

— Tem razão. Eu disse que você deveria pensar um pouco e que isso eventualmente aconteceria. Acho que eu mesmo não queria pensar que você iria continuar com isso. Achei que você iria lutar com ele. Se foi isso o que você escolheu, então que seja. No entanto, o que me perturba é que ele escolheu fazer isso em minha casa, um lugar onde abomino esse tipo de comportamento.

— Então deixa eu ver se entendi. Você me disse, de novo e de novo, que se eu decidisse lutar com ele, eu perderia. Como você mesmo disse, e eu repito, "quando um vampiro escolhe aquele que deseja como servo, nada o deterá". Essas foram suas palavras, certo? Eu gostaria que você escolhesse seu lado. Eu não preciso de você para aumentar a confusão... A menos que esse fosse o seu plano o tempo todo. — Eu o pegara agora, podia ouvir seus pensamentos, não coerentemente, mas descobri que quando ele ficava chateado ou estressado, sua mente zumbia como louca. — Então me diga, eu te enojo por causa do que aconteceu em seu santuário esquecido por Deus?

— Eu não disse que você me dá nojo, eu disse que onde você escolheu receber sua marca final me aborrece.

— Onde está aquele seu jeito familiar que me fez pensar que você se importava, tio? — Eu adicionei com um leve sorriso de desafio.

— Eu nunca disse que não me importo com você, Candra. Você sabe que minha única preocupação era com sua felicidade e segurança.

— Ou onde está a pessoa que ficava me dizendo que eu deveria pensar um pouco, lembra? Você mesmo disse que quando isso estivesse terminado, eu não seria mais controlada por ele ou qualquer outro vampiro, incluindo você. — O zumbido estava ficando intenso. Eu acertara um nervo.

Eu podia ver sua paciência se esgotando e cada vez que eu falava, testando-o, ele ficava rígido como se eu o tivesse atacado. Sim, minhas palavras fizeram exatamente o que eu queria que fizessem... doeram.

— Eu disse isso e parece que você decidiu não confiar em mim. Você quer que eu te parabenize? Porque parece que você precisa de algum tipo de reconhecimento meu. — Percebi que sua resposta continha uma nota de impaciência.

— Você está errado, no entanto; Não me importo de ser controlada por ele, porque não é com a mente dele, sabe? — Eu vaguei, passando os dedos pelos livros enquanto caminhava, sem dar atenção a quais eram seus títulos. Era apenas algo para passar meu tempo enquanto eu me deliciava com minhas novas forças.

— Ah, e eu não tinha esquecido meus pais. Minha vingança não acabou. Na verdade, acabou de começar.

— Acabou de começar, o que você quer dizer com isso? — Ele se levantou e me observou folhear cuidadosamente as páginas do álbum dos Rosewood.

Coloquei o álbum de volta na mesa, com cuidado.

— Acredite em mim quando digo isto: todo vampiro envolvido na morte de meus pais vai sofrer.

Ele estendeu a mão para mim e se viu lançado de volta às estantes atrás dele. O barulho ecoou no corredor. Eu vi Kane entrar na sala sorrindo.

— Ela é uma obra de arte, a minha garota, não é Eldon? —

— Vou lhe dizer uma coisa: algo que você deve prestar atenção; antes de mais nada, nunca mais me toque; em segundo lugar, você acabou de ver um pouquinho do que posso fazer. Você não quer saber o resto. — Olhei com firmeza para ele.

Eu vi seu choque com a minha força escrita em seu rosto. Ele não tinha ideia de como eu me tornara muito mais do que ele esperava.

— Servos humanos geralmente não têm tal poder, ou tal força como a sua, a menos que... — Seu rosto perdeu completamente a expressão.

— Sim, agora você também sabe. Não é maravilhoso? Nunca pensei que isso fosse acontecer. Se eu soubesse disso antes, teria procurado Kane e implorado para que me possuísse. Ele é tão delicioso. Receio que destruímos seu quarto de hóspedes, mas tenho certeza de que você não vai se importar. Vamos apenas chamar de vingança pelo que você fez Charles fazer com a minha casa e a parte que você desempenhou na morte dos meus pais. Combinado? — Ele acenou com a cabeça, assustado. — Foi o que pensei. Agora, se você me der licença, alguém precisa da minha atenção e, francamente... Ele é minha família agora. — Sorri para Kane e saímos da sala. A porta se fechou sozinha e, à distância, ouvimos um grito saindo do escritório. Alguns segundos depois, o som estrondoso de uma porta sendo aberta com força ecoou.

Ele nos seguiu e quando finalmente falou, suas palavras eram frias. Sua voz estava diferente, não era a dele. — Eu quero você fora da minha casa. — Quando a última sílaba escapou de sua boca, a porta da frente cedeu, estilhaçando-se instantaneamente, jogando-me de costas no chão do lado de fora. Kane, em um movimento rápido, me pegou e partimos.

Correndo a uma velocidade incompreensível para qualquer humano, a paisagem passou borrada por mim e, ainda assim, nenhum sinal se apresentou de que Kane estava se movendo. Ele subiu uma ladeira íngreme comigo em seus braços, próximo à rodovia; foi lá que vi um celeiro, que estava desocupado. Procuramos abrigo por enquanto e esperamos que a tempestade passasse. A natureza era brutal e nunca em todos os meus dias eu havia visto um clima tão cruel e me perguntei se outra coisa não tinha causado isso, algo não natural.

Ao entrar no celeiro, parecia que alguém o tinha mantido muito bem em sua época e que não devia ser tão antigo quanto eu pensara. O vento lá fora uivava alto. Pedaços de neve caíam pelas rachaduras, pulverizando o chão de terra batida. Kane juntou pedaços de palha e pedaços de aparas de madeira que pegara lá dentro e empilhou-os em um pequeno monte. Agachando-se, ele colocou as mãos sobre a pilha como se os estivesse aquecendo. Subindo, vi um pequeno fio de fumaça, segundos depois uma pequena labareda e, em seguida, fogo. Ele juntou mais palha e colocou no fogo crescente. Sentar perto do fogo trouxe muito calor, e memórias, também. Eu sempre assistia enquanto as chamas dançavam dentro e fora das toras. Ouvindo-as estalar e estalar, enquanto pedaços de brasa flutuavam para cima e para fora da chaminé. Isso me deu tempo para pensar.

— Candra, estou com fome. Faz um tempo que não caço. Droga! Eu me mantive longe de derramamento de sangue por tanto tempo por causa de seus tios... Eu deveria apenas ter deixado eles morrerem.

Eu deveria ter deixado Timothy matar todos eles, e então eu não estaria nessa situação.

— Você vai me contar tudo, Kane, ou eu tenho que adivinhar? Timothy não matou meus pais, matou?

— Tenho certeza de que foi ele. Seus pais estavam nervosos há um tempo. Eles podiam sentir sua família voltando a atenção para você. Timothy, por outro lado, tinha uma obsessão por sua mãe, e seria típico dele ter feito isso. Não sei, Candra, meu instinto diz que sim, mas ele costuma mentir para conseguir o que quer. Ele é muito bom nisso.

— É, eu percebi. Me diz, onde você entrou nessa, Kane?

— Há muito tempo que procuro vingança, Candra, e mantenho vigilância sobre sua família, não sobre seu pai, ele sempre se manteve afastado deles. Ele morou aqui, sozinho na casa da família, e começou a construir uma vida. Ele frequentou o ensino médio, conheceu sua mãe e se apaixonou.

— Mas ele era um vampiro, Certo? Então como isso foi possível?

— Ele nasceu de pais vampiros, é verdade, mas até que ele bebeu sangue pela primeira vez, ele era, para todos os efeitos, um humano. Sua família não o deixou em paz, e eles mataram os pais de sua mãe e ameaçaram a vida de sua mãe. Foi quando ele fez um acordo com eles.

— Que acordo, e por que meus pais não me contaram nada disso?

— Eu acho que eles pretendiam, mas pelo que seu pai me disse, ele estava planejando trair a família dele e desaparecer com você e sua mãe na Europa. Seus pais mandaram você embora e eu recebi a tarefa de cuidar de você.

— Há quanto tempo você é meu guarda-costas secreto?

— Apenas nos últimos dois anos, enquanto você terminava a escola. Eu me mantive perto de seu tio Eldon e sempre que ele se aproximava de você, eu estava lá.

— Quero saber, com certeza, se foi Timothy ou outra pessoa. E, se foi outra pessoa, quem.

— Não sei, mas acho que seu pai acreditava que era forte o suficiente para derrotá-los e salvar todos vocês, mas não era. Pode ter sido qualquer um deles ou todos eles, até mesmo outra pessoa. É difícil dizer.

— Então, como você diz, qualquer um deles ou todos ou outra pessoa. Estou entendendo direito? Não estou melhor do que quando comecei! Droga... — Haviam me dito tantas histórias conflitantes que minha mente estava confusa.

— Alguma ideia do que fazemos agora?

— Fugir, talvez. Posso tentar esconder você deles e descobrir por que você é tão importante. Se seu pai sabia, ele não me contou. — Eu o observei se aproximar do fogo. Timidamente, ele estendeu a mão e me puxou para seus braços.

Esperamos um pouco antes de sair. Eu apaguei as chamas antes de irmos. A tempestade havia diminuído para apenas um leve cair de neve quando chegamos à estrada. O céu noturno estava negro como a própria morte, e frio.

— Estou com fome, Candra. Eu preciso me alimentar muito em breve. Faz muito tempo que não mato nenhum humano e não é por falta de tentativa. Não conseguia, porque eles me assombraram a ponto de desejar minha própria morte para escapar da culpa. Até conhecer você e seus pais, tudo que eu queria era vingança e o esquecimento final da morte; estar em paz. Mas o mais importante é protegê-la e, para isso, preciso da força que beber sangue humano vai me dar. Perdoe-me, Candra.

— Você não precisa do meu perdão; você não teve escolha, lembra? Kane, se você decidir que não vale a pena o sacrifício, eu entenderei, mas no final do dia, se você me salvar, mas acabar se perdendo, eles terão vencido. Faça o que você precisa fazer para nos tirar daqui e em segurança.

Observei Kane enquanto ele encontrava uma casa de fazenda.

— Sangue humano fresco, posso sentir o cheiro no ar, Candra. Está cobrindo minha garganta.

Eu o observei se permitindo entrar no modo de caça. Seus olhos escureceram como a noite, e as presas tornaram-se pronunciadas e todo o seu comportamento era menos humano agora. Assistir me encheu de adrenalina, mas ainda assim eu odiei. Este Kane não era o homem que eu amava; ele não era um homem, ele era totalmente vampiro.

De repente, a porta dos fundos se abriu.

— Jeff, por favor, volte para dentro. Você pode consertar a janela amanhã. Por favor, volte para dentro — ouvi a mulher implorar.

— Mary, volte você para dentro. Vou ficar bem. Só quero ver se tem alguém por perto, só isso. Volte com as crianças. Está mais frio do que a peste aqui fora, eu não quero que você fique doente e morra.

— Morte? — Não é engraçado, pensei.

— Ora, era exatamente o que eu mesmo estava pensando — Kane estava com tanta fome, tão certo de que precisava fazer isso, que queria sangue humano e não se importava como conseguisse, mas eu, sim. Eu me importava muito que fosse por minha causa que ele se sentia assim.

O homem desceu os degraus, sua arma apontada diretamente à sua frente, pronta para atirar se necessário.

— Quem está aí? Saia e eu não vou te machucar! — Ele deu a volta para o lado da casa da fazenda; ele se abaixou para verificar se havia pegadas no chão... Nada.

Vendo que este era o meu momento e que Kane estava pronto para atacar, eu me curvei e me preparei para uma luta. Kane rosnou baixo e saltou, pousando em cima do fazendeiro. Sem tempo a perder, ele mordeu, músculos e tendões sendo esmagados enquanto seus dentes se afundavam. O homem que lutara para se libertar agora ficou rígido de choque. Eu puxei Kane antes que ele drenasse sua vítima completamente.

— Jeff, você está bem? Jeff? — Eu ouvi sua esposa chamando.

Corremos de volta para o celeiro. Demorou apenas alguns segundos antes de chegarmos e pude ver que ele estava mais forte do que antes. Ao longe, um grito ecoou na noite.

— Meu Deus, Candra, sangue de animal não é nada comparado a isso. Como pude durar tanto tempo sem isso? — Uma ambulância e carros de polícia, com suas sirenes, soaram à distância, a qualquer minuto eles passariam pelo celeiro e seguiriam pela estrada para a casa da fazenda.

— Não se acostume com isso, Kane; Eu não vou participar do massacre de pessoas inocentes. Basta seguir a dieta de coelhos ou o que quer que você estivesse fazendo antes. — Eu olhei para ele e o vi cheio de vida agora, mas eu não queria que ele fosse um monstro e eu sabia que ele não queria se tornar um também.

— Eu mal consigo me controlar, Candra. Estou tomado pela necessidade de continuar e encontrar outra vítima e depois outra, para beber e beber até... — Ele me empurrou e caminhou para o outro lado do celeiro.

DEZESSETE

O vento soprou forte e uivou a noite toda. Quando Kane final-mente conseguiu se acalmar, fomos para o norte. Estávamos mais longe de Utica agora. Eu não sabia exatamente até onde havíamos ido, pois corremos a maior parte do caminho até que à frente surgiu uma casa majestosa. Cinza, com venezianas pretas. Uma cerca de ferro forjado, preta, marcava o perímetro da propriedade. Não era muito bonita, mas qualquer coisa era melhor do que a casa do meu tio ou ficar do lado de fora.

Esta era a casa de Kane, a que ele havia começado a construir quando ainda era mortal. Não era ricamente decorada; era muito simples, quase austera. Olhei em volta tentando encontrar alguma pista sobre o funcionamento interno da psique de Kane. Nada gritava e deixava evidente que ele era um vampiro, exceto talvez a total ausência de uma cozinha. Visitamos cada cômodo, um de cada vez. Todos estavam cheios de livros, romances amontoados ao acaso em pilhas, livros sobre física quântica, história, música e arte; nada estava em ordem. Ele tinha um gosto muito eclético para leitura e, enquanto eu pegava e colocava de volta livro após livro, finalmente sorri quando meus olhos pousaram em uma cópia de Entrevista com o Vampiro.

— Louis ou Lestat? — Eu perguntei, sem tirar os olhos do livro surrado, obviamente muito lido.

— Nenhum, ou ambos, talvez. Monstros fictícios têm o luxo do criador benfeitor, que pode lavar seus pecados em uma sequência bem escrita.

— Se você espera que eu fique aqui com você, Kane, vou ter que insistir em uma cozinha e banheiro interno, seja lá o que for que eu seja ou esteja me tornando, ainda tenho necessidades muito humanas.

— Para sua sorte, passei meu tempo longe de você planejando sua estadia e visitando uma loja local de coisas para acampamentos e caminhadas. Contanto que suas necessidades humanas sejam básicas, eu posso cuidar disso. Acho que cuidei de tudo, incluindo comida, roupas, botas e um casaco quente.

— Meu herói, não há nada mais sexy do que um vampiro prático.

— E nada pior do que uma serva espertinha. Vou te mostrar onde está tudo e você pode se trocar e se sentir em casa enquanto eu dou uma olhada do lado de fora para ter certeza de que Eldon não nos seguiu.

Eu cuidei dos aspectos práticos rapidamente e depois fui procurar o que comer. Fiel à sua palavra, ele pensara em tudo. Meu cavaleiro de armadura negra, meu pistoleiro protetor de uma época anterior, havia fornecido tudo que uma garota poderia precisar. Ele era o homem que meu pai escolhera para mim e, por mais rebelde que eu pudesse ter sido contra o comportamento arrogante de meu pai, se ele ainda estivesse vivo, eu só poderia agradecê-lo. Ele me dera essa chance. Deitei-me sobre os lençóis de Kane em sua cama, vestindo a camisola quente e confortável que ele havia fornecido, e adormeci alegremente.

— Você tira meu fôlego. — Ele se ajoelhou ao meu lado e pegou minha mão. Sua mão não estava tão fria como quando ele estava com fome. Ou os efeitos do sangue humano eram mais duradouros ou ele reservara um tempo para comer um lanche de coelho enquanto fazia o reconhecimento.

— Eu provavelmente deveria ignorar isso, mas não posso. Você não respira, não é?

— Não, quis dizer cada palavra metaforicamente.

A carícia de seus lábios na minha boca deixou meu corpo em chamas.

* * *

DIAS, semanas, meses não tinham mais significado para mim. Muitas vezes, ficara irritada comigo mesma por causa da minha falta de atividade. A parte de mim que voltara para casa para encontrar respostas, e para buscar vingança se necessário, e que ansiava por matar cada membro da minha família, parecia estar dormindo. Eu não tinha certeza de como meus planos haviam mudado, mas o que eu pretendia originalmente não era mais uma opção. Kane e eu concordáramos que, por enquanto, permanecer vivos e juntos deveria ser nosso principal objetivo.

Eu olhei para Kane, me perguntando se ele também se sentia como eu, inquieto.

— Kane, já faz dias desde que você caçou. Você não está com fome?

Ele sorriu para mim e balançou a cabeça. — Eu me alimento de sua energia; isso me satisfaz mais do que você imagina.

— Estou falando sério. Eu quero que você cace agora. Tenho a estranha sensação de que vamos receber uma visita. — Eu saí, deixando-o confuso. Quando me aproximei do topo da escada, ele me encontrou cara a cara.

— Você também deve estar com fome. Por que você não prepara algo para comer enquanto estou fora?

Eu podia sentir a fome voraz dentro dele. Finalmente, ele concordou que precisava caçar. Já fazia um tempo e eu sabia que ele não estava se sentindo fraco, mas também não estava no auge. O problema era que ele não gostava de caçar durante o dia por causa do sol. Normalmente, em qualquer noite, ele estaria fora, mas as coisas haviam mudado, passávamos nossas noites juntos porque eu sabia que ele estava com medo de me deixar no caso de minha família chegar sem avisar.

Eu sabia que Kane estaria indo em direção à Starved Rock, mas não tanto ao Parque Estadual em si, pois havia muitos guardas ao redor e não era tão isolado como costumava ser há muito tempo quando ele se tornara um vampiro.

De volta a casa sozinha, agora eu era capaz de pensar. Quando ele estava por perto, eu não conseguia me concentrar no que precisava fazer. Tanto estava em jogo e um deslize poderia arruinar tudo. Eu odiava o que estava fazendo. No fundo, não era a coisa certa. Eu precisava começar a tentar descobrir mais sobre o que minha família queria de mim.

Tirei o medalhão, que mantivera comigo desde que saí da casa do meu tio, e o coloquei em volta do pescoço. De repente, a sala começou a girar violentamente, aumentando a cada movimento que minha cabeça fazia.

— Uau, calma, calma. — Fechei os olhos pensando que melhoraria as coisas, mas só fez com que piorasse. Caí no chão e agarrei o tapete. Apertando até os nós dos dedos ficarem brancos, eu me agarrei para salvar minha vida.

— Eu tenho que tirar este medalhão; tem que ser o que está causando isso. — Movendo-me lentamente para não agravar ainda mais a situação, soltei a corrente, mas o giro não diminuiu.

— Por favor, pare! Eu não posso aguentar isso, apenas pare. — Quando pensei que não aguentaria muito mais, acabou.

Fiquei muito quieta. — Ok, isso é estranho. — Decidi tentar mover minha cabeça de um lado para o outro... Sem giros agora. Então pensei em rolar para o lado, ainda nada de giros. Pensando que tudo o que aconteceu havia desaparecido, eu lentamente me sentei; e finalmente fiquei de pé. Eu olhei para o medalhão em minha mão. — Não vou usar você, pelo menos não por agora. — Coloquei-o de volta no bolso.

Eu ainda estava um pouco instável, então andei devagar; Saí para o corredor e em direção à escada. Comecei a ficar ansiosa, mas provavelmente era apenas uma reação àquela tontura estranha. Eu a ignorei. Tudo correu bem. Não tive outros problemas de vertigem, mas a comida ainda não parecia apetitosa para mim, então fiz um pouco de chá quente de raiz de sanguinária e visco. Kane tinha me explicado que a raiz de sanguinária era uma ajuda poderosa para vampiros e servos, e seus efeitos, tomados isoladamente ou misturados com outras ervas, podiam mascarar diferentes aspectos que amaldiçoavam os eternos. Misturada com alho, a sanguinária permitia ao bebedor caminhar para o exterior na luz do dia fraca, e misturada com sangue poderia aquecer um vampiro quase à temperatura ambiente. Isso explicava muito. Eu vivi com meu pai sem perceber sua natureza de vampiro. Minha mãe e eu bebemos chá infundido com raiz de sanguinária e pétalas de rosa, o que tornava nosso sangue intragável para os vampiros. Bebi com visco para aumentar minha força e aprimorar meus sentidos.

Tomando um gole, fechei os olhos e me preparei para me desligar por um tempo. Então me dei conta, como um tapa na cara, eu estava olhando pela janela, mas estava vendo outra coisa. Eu estava com Kane na floresta e ele tinha acabado de matar. Sorri, pois pude sentir sua insatisfação com sua dieta de coelhinhos. Ele estava prestes a se livrar de Tambor quando um barulho o alertou para a presença de outro vampiro na área. Seus músculos ficaram tensos. Kane era muito territorial e essa intrusão fez seu sangue ferver de raiva. Apenas escondido nas sombras, uma figura se levantou e em sua mão... estava uma besta.

— Caçando, eu vejo, e durante o dia também. Não é uma coisa muito inteligente de se fazer, especialmente para alguém como você; você pode ser visto. Alguém pode se esgueirar e te surpreender. — Eldon anunciou sua presença, ele ficou a vários metros de distância e pude ver sua besta apontada diretamente para Kane. Eu ouvi Kane instantaneamente sibilar em desagrado.

— Eldon, isso não me surpreende. Estava esperando que você fizesse um movimento.

— Você não poderia saber que eu estava vindo. Você desempenhou seu papel nisto, Kane. A família agora exige sua morte. Candra é nossa e nós a pegaremos de volta. — Ele manteve distância de Kane.

— Você poderia perguntar a Candra o que ela quer. — Eu podia sentir a raiva de Kane crescendo lentamente.

— Não precisamos perguntar a ela, Kane. Ela é nossa; ela sempre foi nossa.

Kane atacou, esquivando-se de uma flecha. Eldon recarregou, mirou, mas era lento demais. Os dois voaram pelo ar, finalmente pousando e criando um buraco na vegetação rasteira com vários metros de comprimento. Não mais armado com sua besta, Eldon lançou Kane para trás em uma árvore enquanto ele recuava. Nesse ínterim, a retirada de Eldon deu a ele a chance de pegar Kane desprevenido. A árvore, não mais vertical, estava partida ao meio com Kane esticado sobre o toco afiado. Encolhendo-se de dor, ele lutou contra a vontade de gritar; em vez disso, ele se concentrou em acabar com Eldon.

Eu não conseguia me mover; Fiquei chocada com a onda emocional que estava recebendo de Kane. A violência de suas emoções, sua fúria e desespero para me salvar passaram por mim como um trem expresso. Pelos olhos de Kane, eu podia ver ao longe e ainda mais longe. Fora da vista de Kane, Eldon ficou ali, sorrindo.

O lábio superior de Kane se curvou sobre suas presas. Ele rosnou ao ver um movimento nas sombras. Era isso, Eldon estava condenado, eu podia sentir; Kane nunca iria deixar a minha família me pegar. Com um movimento rápido, Kane se lançou sobre ele, e eu senti uma dor lancinante cortando o peito de Kane. Meus olhos se arregalaram de horror quando percebi que a retirada de Eldon tinha sido para pegar sua besta.

— Kane! — Eu gritei, mas nossa conexão foi quebrada.

DEZOITO

Pânico tomou conta de mim. Eu não conseguia acreditar que Kane estava morto. Eu não conseguia acreditar que Eldon havia arriscado matá-lo com nosso vínculo agora totalmente formado. Kane me dissera que nosso vínculo era tão forte que nenhum de nós poderia sobreviver se o outro morresse.

Eu nunca considerei a possibilidade de que Eldon ou qualquer membro da família fosse machucar Kane. Ele deveria estar seguro. Por que eles arriscariam o prêmio: eu? Servos humanos, quando seu criador morre, geralmente ficam loucos. Agora Kane estava morto. Eu teria que passar minha vida prolongada como uma lunática delirante. Talvez minha família não se importasse se eu enlouquecesse. Talvez nosso vínculo não fosse a proteção que meu pai e Kane pensaram.

Percebi que estava quieto, quieto demais. Olhei pela janela e o vi, Eldon, parado como se fosse feito de pedra olhando para a casa. Eu queria gritar, mas me contive. Não era mais essa garota inocente, não deixaria mais que eles se aproveitassem de mim, e me usassem para o que desejavam. Não, era a minha vez de mostrar a eles que escolheram a pessoa errada com quem brincar. Então eu esperei, observei enquanto ele carregava sua besta e começava a caminhar em direção à porta da frente. — É isso, tio, venha colher o que você plantou... Vou garantir que você receba o que merece... e muito mais.

— Veio me matar, é? Tio Eldon? — Ele olhou em direção ao som da minha voz, mas não viu nada.

— Você pensou que eu ficaria louca, não é? Pensou que me encontraria enrolada em uma bola, em um acesso de raiva, gritando a plenos pulmões. Desculpe por desapontá-lo.

Eldon ficou do lado de fora quando a porta se abriu. Com a luz fluindo atrás dele, ele ainda não podia me ver, até que um pé apareceu, depois as pernas, um torso e, finalmente, meu rosto enquanto descia a escada com calma.

Ele ainda estava sem palavras, então continuei.

— Há muita coisa que você não sabe. Pense no passado, lembre-se da árvore genealógica, se quiser. Você já viu meu nome?

Tentando se lembrar de quaisquer imagens, a compreensão invadiu seu rosto. — Não... Eu nunca... Seu nome nunca esteve lá com seus pais. Eu acho que eles apenas...

— Esqueceram? Improvável. Veja, estive pensando e não acredito que eu seja uma verdadeira Rosewood, embora tenha o nome. Kane e eu achamos que posso ter sido adotada ou um presente dado aos meus pais, uma espécie de cuco bem-vindo. Minha mãe perdeu um filho e não engravidou novamente. Meu pai disse a Kane que seu acordo com o pai era que a família o deixaria em paz, contanto que ele fornecesse um herdeiro.

— Mas você cheira a Rosewood, e se parece conosco também. Eu te reconheceria em qualquer lugar como um membro da nossa família.

— Você acha? Olhe novamente e sinta o cheiro do ar ao meu redor. Eu tenho esse cheiro e aparência porque ingeri sanguinária misturada com um pouco do sangue do meu pai sempre que estávamos todos juntos, mas seu efeito está passando agora.

— Quem é você?

— Por que eu? Poderia ser uma pergunta mais útil. E para ser sincera, ainda não sei todos os detalhes. Ajudou que você se tornou incapaz de saber meus pensamentos ou meu paradeiro agora que Kane me marcou. Na verdade, a única razão pela qual ele fez isso tão rapidamente foi para impedir que você e os outros soubessem dos meus pensamentos. As únicas pessoas que sabiam que eu não era Rosewood de nascimento eram meus pais e Kane, que foi meu guarda-costas, e amigo de confiança de meus pais por muitos anos.

A besta começou a tremer enquanto eu desferia meus golpes um após o outro. Agora eu o tinha onde queria e estava na hora.

Como o caçador que encurralou sua presa, comecei meu ataque. Avancei lentamente e, a cada passo, o arco de Eldon tremia mais.

— Veja o que eu tenho... — Eu estendi o medalhão da minha casa, ele parecia assustado enquanto eu continuava em sua direção.

— Eu me pergunto o que aconteceria se eu enfiasse isso em sua garganta mentirosa? Eu enchi com água de rosas e cobri com meu próprio sangue. Você, como Timothy, pegaria fogo até que não houvesse nada além de sua carne queimada no chão? Sabe, eu senti a dor dele, foi insuportável, mas foi muito rápido. Eu quero algo... mais doloroso, mas ainda tão permanente quanto para você. Acho que é hora de você lhe fazer companhia. — Meus lábios, vermelho sangue, se curvaram em um sorriso, enquanto minhas presas desceram no lugar.

Eldon ficou chocado ao me ver assumir minha forma vampírica. Ele apertou o gatilho da besta e atirou a flecha direto no meu coração. Eu me tornei um borrão na frente dele enquanto ele tentava se mover, mas em vez disso, ele se curvou de dor. Meus rosnados, baixos e horríveis, ecoaram dentro da minha cabeça. Seus gritos de medo eram música para meus ouvidos enquanto eu me regozijava com os arquejos abafados vindos dele.

— Eu não acho que essa flecha quebrada vai te fazer muito bem. — Joguei os pedaços do que sobrou dela no chão. Eu olhei em seus olhos, apertando sua garganta.

— Diga-me, Eldon, você acha que Kane sentiu esse tipo de dor? Ou era mais assim... — Meus olhos mudaram ligeiramente quando Kane entrou pela porta. Eldon sentiu uma nova presença naquele momento. Ele inalou rapidamente, como se estivesse sem fôlego, mas ele mal conseguia se mover com minhas mãos em volta de sua garganta.

— Eu-eu matei você! Eu vi você deitado no chão, era você — ele engasgou em horror.

— Idiota. Você deve sempre verificar se a presa está mesmo morta. — Kane caminhou até ele, espanou-o como se ele fosse uma peça de mobiliário e zombou dele.

— Sua flecha acertou meu peito, mas você errou o órgão mais vital, meu coração. Doeu como o inferno e foi um pouco irritante, mas consegui puxar para fora. Se curou muito bem, devo acrescentar, apenas restos de uma cicatriz, nada mais, veja... — E ele desnudou o peito para mostrar a Eldon seu grande erro, depois veio e tomou seu lugar ao meu lado.

— Por que você tentou me matar? Por quê? Estou um pouco confuso. Eu pensei, naquele dia que fui atacado quando era humano, que você queria me ajudar. Ah, mas espere, erro meu. Eu fugi de você, não? Agora estou pensando sobre isso. — Ele sorriu para mim. Ele adorava jogar esse tipo de jogo, de gato e rato.

— Eu vi através de você, você não queria me ajudar de verdade, queria, Eldon?

— Não — Eldon resmungou.

— Claro que não, não sou um Rosewood, sou? Sou sujo; você queria se alimentar de mim, uma loja de alimentos viva, por assim dizer.

Eu liberei Eldon do meu aperto e em um instante, Kane cravou as unhas profundamente na garganta dele e com um golpe rápido, rasgou sua garganta. O sangue jorrou do corte aberto, respingando no chão. Os olhos de Eldon se arregalaram de medo.

Todo o tempo, eu fiquei parada e assisti... impassível e imóvel.

Kane continuou a cavar os dedos na abertura. Seus olhos agora estavam completamente negros e seu rosto tinha uma aparência feroz, quase desumana. Neste momento, Kane era completamente um vampiro e sua força me deu coragem.

— Então sua família ameaçou minha alma gêmea. Ela me chamou, embora não soubesse o que estava fazendo, e eu sabia que você sentia isso. Quando te vi na área, fui eu quem avisou os pais de Candra. Você é um homem tão inteligente. Sempre tão prestativo, não é, Eldon? Mas eu estava preparado. Você a queria, não é? Diga! Oh, me desculpe, você não pode, você não tem mais isso. — E ergueu suas cordas vocais.

Eldon balançou a cabeça violentamente enquanto o sangue borbulhava de sua boca.

— Eu também sei por quê. Não sou tão burro, Eldon. Nós sabíamos o poder que Candra poderia ter e o que esses poderes poderiam fazer uma vez que ela encontrasse seu companheiro. Candra é linda, uma rosa rara desabrochando, e tão perfumada. Nós nos conectamos perfeitamente.

Ele estendeu a mão para mim, que peguei e a beijei.

Suspirando pesadamente, ele afrouxou o controle sobre Eldon. — Você é um Rosewood típico, Eldon. Eles são uma família orgulhosa, e você acreditou que Candra cumpria uma profecia familiar. Você estava errado e eles estavam errados. Você não entendeu as regras deste jogo e você e o resto de sua família morrerão por causa disso. Tenho que fazer o que acredito ser certo. Prometi protegê-la com minha vida e o farei, Eldon. Eu também vou matar qualquer um que seja uma ameaça para Candra.

Em um instante, Kane arrancou a cabeça de Eldon; jogou-a pelo ar até que ela caiu profundamente na neve. Um olhar de horror congelado em seu rosto por toda a eternidade. Naquele exato momento, o mundo e todos os seus fardos foram retirados dos meus ombros. Eu nunca havia sentido tanta liberdade como naquele momento. Eu sorri.

Algo acordou em nós naquela noite, algo que nem eu nem Kane havíamos sentido antes, um sentimento de propósito. Kane também percebeu. Peguei sua mão na minha e a guiei até meus lábios. Assim que sua mão me tocou, uma onda como uma explosão de energia se acendeu entre nós.

— Para onde vamos agora, Candra?

— Quem sabe? Ainda temos que encontrar os outros Rosewoods e eliminá-los antes que eles possam chegar até mim, e então precisamos encontrar minha família de verdade.

Minha vida era um quebra-cabeça e até agora faltava a maioria das peças. Meus pais me amaram, quer eu fosse sua filha legítima ou não, e eu os amei. Kane havia colocado algumas das peças no lugar para mim. Ele me dera respostas para alguns dos quebra-cabeças, mas agora precisávamos seguir em frente e descobrir sobre minha herança. Eu precisava saber de onde vinha e descobrir sobre o legado que era meu suposto direito de nascença. Eu olhei para Kane e em seus olhos vi tudo o que precisava saber.

— Devemos enterrá-lo ou queimá-lo? — perguntei.

— Depende, se o enterrarmos e o resto da família o encontrar, eles podem ser capazes de trazê-lo de volta.

— Melhor queimá-lo então, tenho a sensação de que nosso mundo será muito mais feliz com um Rosewood a menos nele.

Kane arrastou o corpo para longe e, momentos depois, eu vi chamas vindo das árvores a oeste. Eldon finalmente se fora e me perguntei se talvez não tivéssemos sido um pouco precipitados. Talvez ele pudesse ter nos dado mais informações sobre meu legado. Observei Kane caminhar lentamente de volta em minha direção. Em momentos como esse, eu podia vê-lo como ele havia sido quando humano. Ele caminhava como um homem que sabia para onde estava indo, mas que a viagem valia a pena. Ele ergueu os olhos e sorriu para mim.

— Bem, Sra. Smith, pensei que as visitas nunca iriam embora. O que faremos agora?

— Bem, Sr. Smith, temos a casa só para nós. Tenho certeza de que você vai pensar em alguma coisa.

Ele passou os braços em volta de mim e eu o senti beijar o topo da minha cabeça. Eu tinha certeza de que a estrada que agora percorríamos juntos seria longa e com muitas armadilhas, mas tinha certeza de que juntos poderíamos encontrar respostas e um lugar no mundo para nós. Até onde nós dois sabíamos, eu era a única vampira totalmente humana no mundo. Eu tinha certeza de que havia uma razão para minha existência, além da razão cósmica, e que, em algum lugar, alguém teria as respostas. Nós apenas tínhamos que encontrá-las, mas primeiro, tínhamos que fazer o que qualquer casal normal faria e apenas ser felizes juntos.

O melhor e mais duradouro presente que meus pais me deram foi a capacidade de reconhecer e apreciar o valor do amor. Os Rosewood podiam pensar que seu legado era minha herança, mas eu estava preparada agora.

SOBRE A AUTORA

Sue Mydliak escreve há seis anos. Ela iniciou no mundo editorial com sua ficção curta, The Clearing, que apareceu na edição 7 da revista Mississippi Crow. De lá, ela teve várias publicações de suas histórias curtas de terror, a mais recente, Tortured Minds, foi publicada em junho de 2012 e pode ser adquirida na Amazon. Ela está atualmente trabalhando na sequência de Herança, que ela espera terminar até o final deste ano.

Ela mora em Illinois com sua família e trabalha como Educadora para Crianças com Necessidades Especiais, trabalhando com alunos autistas, um trabalho que ela tem há onze anos.